AF504372

Elsa PERLE

TOI SINON RIEN

Victoria & Ivan

Tome 2

TOI SINON RIEN

Victoria & Ivan

Tome 2

PRESENTATION

Il a tout fait pour ne pas rompre sa promesse.

Elle a tout fait pour le mettre à genoux.

Je l'ai allumé, il m'a repoussé.

J'ai été kidnappé, il m'a retrouvé.

Je l'ai défié, il a cédé.

J'ai voulu le quitter, il a refusé.

Mais si je devais tout refaire ça serait « Ivan sinon rien ».

A toi « ma first lady »

A toi « mon unique »

A toi « mon tout »

Elsa PERLE

PROLOGUE

New York, 16 septembre 2020

Le noir … C'est le noir complet !

Mon cœur bat à cent à l'heure, mes mains sont moites, mon souffle se fait court.

Quelque chose d'anormal se passe. Je sais que je suis en danger de mort. Ma peur redouble et nourrit l'angoisse de mourir.

Je suis submergée par des sensations intenses et incontrôlables.

Certaines personnes apprennent de leurs erreurs, mais moi, apparemment non.

Comme d'habitude, je n'en ai fait qu'à ma tête.

Je ne peux m'en prendre qu'à moi-même.

Le danger était là, il rôdait.

On m'a prévenu.

Ils m'ont tous averti.

J'ai réagi d'une manière excessive.

Stan dirait que je suis « une gamine pourrie gâtée ».

Ivan, quant à lui, dirait que je suis capricieuse.

Et ils n'auraient pas tort.

Je me retrouve dans la même situation qu'il y a quatre ans. On m'a kidnappé.

Je suis menottée aux barreaux d'un lit et mes yeux sont bandés. Je sais que je suis seule dans cette pièce.

J'entends des pas.

Je tourne la tête en direction du bruit.

Une clef tourne dans la serrure. On actionne le poignet. La porte s'ouvre dans un grincement.

Quelqu'un se rapproche du lit.

Mon cœur commence à s'affoler. Je transpire.

- Qui est là ? Je balbutie, d'une voix tremblante.

Il pose son pouce sur ma bouche et la caresse.

- S'il vous plaît, ne me faites pas de mal.

Une larme glisse sur ma joue.

Il l'a fait disparaître avec son pouce.

Je sens son souffle au niveau de mon cou.

- Quand est-ce que tu vas apprendre à écouter « Printsessa », me chuchote-t-il à l'oreille, en me mordant le lobe.

J'en ai le souffle coupé.

Il m'a encore retrouvé.

Je commence à pleurer à chaudes larmes.

- Ivan !

Il passe la main derrière ma tête et défait le bandeau.

La lumière du jour me gêne. Elle provoque une douleur, une légère brûlure. Je cligne fortement des yeux pour y remédier.

- A partir d'aujourd'hui, tu feras tout ce que je te dis, me dit-il, d'une voix grave.

Il me prend par le coude pour me relever.

- Est-ce que c'est clair ? Me demande-t-il.

Je hoche la tête pour confirmer.

Il prend mon visage entre ses mains et pose ses lèvres sur mon front.

J'ai l'impression qu'il entre en contact avec la partie la plus profonde de moi, et les effets sont immédiats. Une chaleur se répand dans tout mon corps. Je me sens plus sereine.

Il a toujours eu cet effet sur moi.

- Maintenant ! On rentre à la maison.

Il me prend dans ses bras et je me blottis tendrement à lui.

Je ferme les yeux. J'aimerais que cet instant dure pour toujours.

J'ai besoin d'être rassuré. Je voudrais lui dire « J'ai besoin de toi ». Mais j'ai peur, tellement peur qu'il me rejette à nouveau.

Il a été clair avec moi. Lui est moi, c'est impossible, mais je rêve tout de même qu'un jour nous soyons ensemble. J'essaye de faire semblant de ne pas souffrir, mais au fond de moi, je veux pleurer.

Je ne sais pas où, tout ça, va me mener, mais

je sais que je suis où j'ai toujours rêvé d'être.

Dans ses bras. En sécurité.

CHAPITRE 1

Jacksonville, 14 septembre 2020

Il y a des jours où vous vous demandez si vous ne vivez pas dans un monde parallèle.

C'est exactement ce que je ressens actuellement.

Je suis assise sur le fauteuil, un verre de limonade à la main.

Je regarde Stan et Ivan.

- Et toi ! Qu'est-ce que tu en penses, Vic ? Me demande Stan.

- De quoi ?

- Tu es avec nous « Printsessa » ? Me demande à son tour Ivan.

Ha ! Qu'est-ce qu'il m'agace celui-là !

Il ne peut pas m'appeler « Vic » comme tout le monde.

- Vic ! Je lui dis d'un ton sec. Appelle-moi Vic ! Combien de fois je dois te le dire ?

Il me lance un regard noir.

- Si tu crois que tu vas me faire peur, avec tes yeux de tueur, Ivan Sidorov, tu peux toujours rêver.

Bien sûr, il ne répond pas. Comme d'habitude.

Je ne sais même pas pourquoi ça m'étonne encore.

Quel connard !

Je me lève et pose mon verre sur la table basse.

Je me dirige vers la cheminée et j'observe les flammes.

Le feu arrive à figer l'instant et à m'offrir une pause. Il m'offre le luxe de vivre au ralenti, juste quelques instants. Il me rappelle de profiter de chaque instant.

Je sens une chaleur douce frôler et caresser ma peau. Quelle sensation agréable !

- Je t'ai demandé ce que tu en pensais, Vic ? Me demande Stan.

Je sursaute au son de sa voix. Je ne l'ai pas entendu se rapprocher.

- Excuse-moi, Vic, je ne voulais pas te faire peur, me dit-il, confus.

Je me retourne et le reluque.

Il est d'une grande élégance. Il a des cheveux bruns et ses yeux sont de couleur miel. Il mesure à peu près 1,90 mètres, avec un corps d'athlète et tout en muscle.

Qu'est-ce qu'il est beau mon cousin ! Ils font vraiment un joli couple avec Sia.

- Et vous n'avez trouvé aucune autre solution ? Je lui demande, agacé.

- Malheureusement, « non », me répond Stan.

Je souffle longuement en fermant les yeux.

Stan me prend par les épaules.

- Vic ! Ma belle ! Je sais que cette situation est difficile pour toi, mais nous devons te mettre en sécurité.

Il me fixe avec espoir.

- Je dois y réfléchir, Stan !

- On a plus le temps, Vic !

Je cherche Ivan du regard.

- C'est ce que tu veux également, Ivan ?

-    Ce que je veux n'a pas d'importance.

C'est ta sécurité qui compte, avant tout, dit-il.

Je ne sais même pas pourquoi je lui pose la

question.

Il me désespère. Il me gonfle.

J'ai essayé pourtant, d'interpréter ses silences.

Son indifférence a laissé place aux doutes et à

l'incertitude.

L'attention ne se quémande pas, ni ne

s'accepte en miettes.

Et avec Ivan, j'ai l'impression d'avoir perdu mon

temps.

Je me sens accablée de ne pas savoir s'il faut

attendre ou abandonner.

J'ai peur de regretter.

C'est une peur qui me torture si je lui laisse

prendre le pouvoir sur mes désirs.

Une peur, soit nous l'affrontons pour la dépasser, soit nous la laissons nous paralyser. Ce choix m'appartient : avancer et progresser ou faire du sur-place et rester dans sa zone de confort.

Heureusement que le pouvoir d'une peur à nous empêcher de réaliser notre désir profond, n'est pas éternel.

Il suffit que je prenne le temps de la comprendre, de l'analyser et de réfléchir au moyen de la surmonter.

CHAPITRE 2

New York, 16 septembre 2020

Je suis dans ses bras.

Je suis en sécurité.

Ma tête est posée sur son torse. Il sent tellement bon. J'aime son odeur. Un parfum spécifique. Ni floral ni capiteux, difficile à définir. Elle est agréable et agressive à la fois.

J'ai les yeux fermés. Je ne veux pas les ouvrir.

- On sera à la maison dans deux heures. Tout le monde t'attend avec impatience, me dit-il.

- Je ne veux voir personne Ivan. J'ai tellement honte.

- Tu n'as pas à avoir honte.

- Pourtant ! C'est le cas. Tout est de ma faute.

- Ce n'est pas de ta faute ma belle.

- Tu dis ça pour me rassurer.

- Je ne dis jamais rien que je ne pense pas. Et si je te dis que ce n'est pas de ta faute, crois-moi, ce n'est pas de ta faute.

- Je n'ai pas suivi les consignes de sécurité.

- Oui effectivement ! Mais nous aurions dû être plus vigilants.

Je sens qu'il est énervé.

- Et Brie ?

- Elle est à l'hôpital, au chevet de Karl.

J'ouvre les yeux.

- Karl ?

- Il a reçu un violent coup à la tête.

- Oh ! Mon Dieu ! Comment il va ?

- Il a une commotion cérébrale. Les médecins préfèrent le garder en observation, cette nuit.

Le ton de sa voix est sec.

Je n'ose plus rien dire.

Je vois les hommes d'Ivan tout autour de nous. Ils inspectent les chambres.

Je n'ai aucun souvenir de ce qui s'est passé. Où est-ce qu'on peut bien être.

- Où est-on ?

- On en parlera plus tard.

On arrive devant une grande berline noire. Un homme ouvre la porte arrière. Ivan s'installe et me prend sur ses genoux. Il me serre fort dans ses bras.

-   Tout va bien se passer maintenant. Dors !
Tu es en sécurité.

Je ferme les yeux et m'endors immédiatement.

Je suis réveillé par le ronronnement d'un
moteur. J'essaye de me repérer. Nous sommes
toujours dans la voiture.

J'entends des voix tout autour de moi.

Je tourne la tête et aperçois Ivan sur le siège à
côté du mien.

Il me fixe avec attention.

Aucun de nous deux ne parle.

Le silence est pesant.

J'ai des tas de questions qui tournent dans ma
tête. J'attends qu'il se décide à parler.

Il prend le verre posé sur la tablette devant lui et
boit une gorgée tout en continuant à me fixer.

-	A partir de maintenant, tu vas faire exactement ce que je te dirais de faire. Je ne te donne plus le choix.

Je ne réponds pas.

-	Tu ne trouves rien à dire ?
-	Je n'ai jamais eu le choix Ivan.

Je tourne la tête et regarde par la vitre.

-	Je suis fatiguée de tout ça.
-	Qu'est-ce que tu veux, Vic ?

Il m'a appelé Vic. Ce n'est pas bon signe.

-	Tiens ! Maintenant, c'est Vic ? Tu essayes de m'amadouer Ivan ?
-	Je veux savoir ce que tu veux ?
-	Tu sais très bien ce que je veux.
-	Non, je ne le sais pas.
-	C'est toi que je veux !

-   Tu sais très bien que ce n'est pas possible. Je te l'ai déjà dit. J'ai fait une promesse à ton père.

Une promesse ? Quelle promesse ?

Je me retourne et je le vois me dévisager avec une grande tristesse dans le regard.

-   Quelle promesse ? Je lui demande.

-   De te protéger et ne jamais te voir autrement qu'une sœur.

Mais bien sûr ! Il croit que je vais avaler ça ! Je sais qu'il ne me dit pas toute la vérité.

Je me redresse pour me placer à son niveau.

-   Je comprends que tu veuilles me protéger mais me voir comme ta sœur, c'est ridicule. Et tu acceptes ça ?

-   Je n'ai pas le choix et je n'ai qu'une parole.

-   On a toujours le choix.

-   Et j'ai fait le mien.

Il pose son verre et continu en détournant le regard.

-   Iouri Sedov sera un très bon mari pour toi. Il vient d'une famille respectable. Tu vivras à New York.

-   Mais j'en ai rien à foutre de cet homme. Il peut être le fils d'un roi que ça ne changerait rien pour moi. C'est avec toi que je veux être, putain ! Qu'est-ce que je dois faire pour que tu le comprennes ?

-   …

-   Ne fais pas ça, Ivan.

Je sais ! C'est pathétique, mais je le supplie.

-   La décision vient de ton père Printsessa. Il n'y a aucune discussion possible.

J'ai l'impression d'être enfermé dans une sorte de cage invisible de contraintes. De ne pouvoir faire autrement. Car après tout, je n'ai pas le choix.

Je ressens un mélange d'émotions négatives parmi lesquelles je peux déceler la colère, la résignation et la tristesse.

Je me dis, parfois, « si seulement … », « alors je pourrai … ».

Mais je me berce d'illusions.

CHAPITRE 3

Jacksonville, 14 septembre 2020

Stan s'impatiente, il attend une réponse de ma part.

- La réponse est « Non » !
- Vic !
- Quoi Vic ! Tu veux que j'épouse un homme que je n'ai jamais vue ?
- Iouri Sedov te protégera.
- Ivan le fait très bien.
- Ivan a d'autres préoccupations ma belle.
- Et pourquoi je n'épouserais pas Ivan ?

C'est une possibilité non ?

Un grand silence s'installe.

Il ne s'attendait pas à ça.

Ils me regardent avec de grands yeux.

Dans un autre contexte, ça me ferait rire.

- Ivan ? Dit Stan

- Moi ? Dit Ivan

- Oui ! Ivan ! Ça ne serait que provisoire. Le temps que vous retrouviez Boris Rostov.

- Non ! C'est hors de question, rétorque Ivan.

- Pourquoi ?

- Parce qu'Ivan est comme un frère pour toi, répond Stan.

- N'importe quoi ?

- J'ai dit « non » ! Dit Ivan

- Je suis si repoussante que ça ?

- Ça n'a rien à voir, voyons, dit-il, en soufflant.

- Alors c'est quoi le problème ?

- C'est impossible Victoria.

- Ah ! Maintenant, c'est Victoria ?

- Arrête tes enfantillages.

Nous sommes interrompus par l'arrivée de Sia.

C'est ma meilleure amie.

C'est une belle femme, pleine d'amour. Elle séduit par ce qu'elle possède à l'intérieur d'elle-même.

Elle a les cheveux blonds, à la limite du blanc, avec des yeux bleu clair. Stan la surnomme « Mhysa ». Il la fait ressembler à Daenerys, un personnage de la série « Game of thrones ».

Elle est la personne la plus gentille que je connaisse. Une femme ayant le cœur sur la main et ne pensant qu'à aider les gens et à faire le bien. Quand on a besoin de conseil, elle est toujours prête à en donner et à montrer la meilleure solution du problème.

C'est son anniversaire, aujourd'hui.

Nous crions tous en cœur « Joyeux anniversaire ».

Sia a les larmes aux yeux.

Stan se dirige vers elle et lui chuchote des choses à l'oreille. Ils éclatent de rire et s'embrassent passionnément.

Ils sont tellement beaux.

Je suis fière d'avoir participé à leurs retrouvailles.

CHAPITRE 4

Stan est enfin libre.

Il est sorti de prison.

Nous avons fêté ça au Lounge Bar. Les paparazzis étaient là, aussi. Ils nous ont bombardés toute la soirée.

Je gare ma voiture et vais rejoindre Stan, qui m'attend pour le dîner.

Pavel, le majordome, me dit que Stan est en réunion avec Ivan, et me demande si je veux patienter dans le petit salon.

Je décide de les rejoindre.

La porte du bureau est entrouverte. Ils sont en pleine discussion.

- Je ne peux pas lui faire ça, Ivan. Mhysa est trop pure pour ce milieu. Elle ne pourra pas faire parmi nous.

- Ça, tu n'en sais rien mon frère. Mais si ce n'est pas elle, il faut que tu penses sérieusement à ta descendance.

- Ça sera elle sinon rien.

Mais qui est « Mhysa » ?

- J'ai un dernier coup de fil à passer et je vous rejoins, reprend Stan. Vic ne devrait plus tarder.

- Ok ! A tout de suite, lui répond Ivan.

Il est déconcerté quand il passe la porte et m'aperçoit.

Je suis adossée au mur, les bras croisés.

- Tu écoutes aux portes, maintenant, Printsessa ? S'étonne Ivan.

Je lui empoigne la main et le traîne derrière moi. J'ouvre la première porte sur ma gauche et le pousse à l'intérieur.

On est dans la bibliothèque.

Ça le fait marrer.

- Arrête de sourire bêtement.

Je le pousse sur le fauteuil. Je me baisse à son niveau, pose les mains sur les accoudoirs et le fixe droit dans les yeux.

- On a des choses à se dire, Sidorov.
- Ah ! Oui ? Quels genres de choses ?
- Qui est « Mhysa » ?
- Tu n'as pas à le savoir, mon ange.

Il fait mine de se lever, mais je le retiens en posant mes mains sur son torse.

Je sens son cœur battre.

- Tu vas me le dire, et tout de suite.

- Sinon, tu feras quoi ?

- J'irai voir Stan, et lui dirais que tu as eu un comportement déplacé vis-à-vis de moi.

Il devient blême.

- Il ne croira jamais à ça.

- Je peux être très convaincante, tu sais.

Il souffle dans sa barbe.

- C'est Sia ! Dit-il, vaincu.

- Et qui est Sia ?

- La fille de Lisa Sanders.

- La femme de Brian Sanders, son père adoptif ?

- Oui !

- Il l'aime, c'est ça ?

- Il est éperdument amoureux, Vic.

- Oh ! Mon Dieu ! Et pourquoi il ne va pas la chercher ?

- Ecoutes ! C'est un peu compliqué, leur histoire.

- Raconte-moi, s'il te plaît.

- Je vais faire court. Stan est complétement obsédé par elle, et je crois que c'est réciproque. Il l'aime depuis toujours, et elle aussi. Ils ont passé une seule nuit ensemble, et c'est la veille où on t'a libéré, à Paris. Stan ne voulait qu'une chose, c'est aller la chercher, mais tu étais en si mauvais état, qu'il ne pouvait pas te laisser. Ta guérison a duré plus longtemps que prévu, et la suite, tu la connais, il s'est retrouvé en prison.

Je ne peux plus retenir mes larmes.

- Tout est de ma faute.

- Mais non ! Mon ange, me dit-il, en me prenant dans ses bras.

Je suis assise sur ses genoux, la tête posée sur son torse.

Et je pleure. Je pleure pour tout ce gâchis.

Je comprends mieux, maintenant.

Je n'ai jamais vu Stan en compagnie d'une femme. Je ne lui connais aucune aventure. Je me suis même demandé s'il n'était pas homo.

Quand je lui en ai parlé, il a éclaté de rire et m'a dit de sa grosse voix rauque « Tu es complètement à côté de la plaque, Vic ».

- Elle vit à Paris ?
- Non, elle a déménagé à New York. Stan a vu, sur les réseaux sociaux, une photo de Brian et Lisa avec un bébé, avec le commentaire « Lexi, notre rayon de soleil ». Je suppose que Sia les a rejoints, à la naissance de sa demi-sœur.
- Tu as leurs coordonnées ?

- Pourquoi ?

- Je dois réparer tout ça, Ivan. Je dois bien ça, à Stan.

- Tu sais qu'il va être furieux ?

- S'il te plaît, Ivan !

- Je t'envoie ça, sur ton téléphone.

- Merci !

- Si tu arrives à les réunir, c'est moi qui te remercierais, Vic.

- Je prends ça comme un défi et je l'accepte.

Ça le fait pouffer de rire.

Je lui donne une tape sur l'épaule.

- Eh ! Arrête de te marrer, Sidorov ! Je te promets que dans moins de deux mois, Sia sera sa femme. Rira bien, qui rira le dernier.

- Tu sais que tu es un ange, toi ? Me dit-il.

Il me pose par terre et se lève à son tour. Il me tend la main et me dit « Viens ! On va rejoindre Stan ».

ৡৡৡ

Je suis installée, dans mon bureau.

Je vérifie une dernière fois, le courrier que je vais adresser à Sia.

J'ai écrit sur une carte : « REGARDEZ BIEN LES PHOTOS. UNE AMIE ».

Je relis l'article, une dernière fois. Il est dit en légende *« Stanislas Petrov aurait-il trouvé son âme sœur ? Stanislas Petrov, le célèbre promoteur immobilier, le milliardaire le plus convoité de Moscou a été aperçu en compagnie de Victoria Arkadi au Lounge Bar. Un mariage en vue ? Affaire à suivre de près. »*.

Je mets le tout dans une grande enveloppe.

Je remettrais tout ça à un garde pour que ça puisse partir demain.

J'espère, de tout cœur, que ça va faire réagir Sia.

Une femme amoureuse ne fait pas toujours rimer ses actions à ses intentions, mais personne ne veut perdre sa moitié.

CHAPITRE 5

Jacksonville, 14 septembre 2020

Sia me rejoint et m'enlace.

- Tu m'as tellement manqué Vic.

- Toi aussi ma puce.

- Tu es là pour combien de temps ?

- Je ne sais pas. Tout dépend de Stan.

- Stan ?

- Oui ! Je t'expliquerais ça plus tard.

Brie nous rejoint et nous enlace.

- Alors les filles, vous faites des cachotteries ?

Elle nous embrasse chacune notre tour.

-   Ça vous dit de se retrouver demain pour un brunch ? Nous demande-t-elle.

-   Oh oui !!! On lui répond d'une même voix.

-   On se dit à 14 h 00 au Biscottis ? Nous propose-t-elle.

-   Ok ! On fait comme ça, lui répond Sia.

Nous rejoignons les autres dans le salon pour un dernier verre.

Après une soirée bien arrosée, nous décidons de nous retirer dans nos chambres.

ço ço ço

Il m'attrape par les cheveux et me donne une gifle.

J'ai mal partout.

Mes yeux sont tellement enflés que je ne vois plus rien.

- Tu vas me rapporter une grosse somme d'argent, salope ! Tu as de la chance qu'Enzo Napoli te veuille intacte, sinon on se serait bien amusé.

- Pourquoi vous faites ça ?

- Pourquoi ? Elle demande pourquoi ! Crie-t-il.

Il me repousse violemment sur le matelas.

Une douleur fulgurante me frappe au niveau des côtes. J'en ai le souffle coupé.

- Stanislas Petrov et Andrei Arkadi sont mes ennemis. Ils m'ont tout pris. Et maintenant, c'est le moment de payer.

- Boris Rostov !

- Ah enfin ! Pas si conne que ça, la blondasse ! Dit-il en me donnant un coup de pied dans le ventre.

Ah ! Putain, que ça fait mal.

J'ai toujours été trop gâtée, j'ai toujours eu ce que je voulais. Ayant perdu ma mère très jeune, mon père a toujours été aux petits soins pour moi.

J'ai été enfermée dans une « bulle ». J'ai toujours eu l'impression d'être une chose très fragile que l'on doit protéger du monde extérieur.

Je prends conscience, aujourd'hui, de la réalité de la vie.

Je me recroqueville sur moi-même pour éviter un autre coup.

J'ai mal, tellement mal.

- Arrête de pleurnicher ! Ce que je te fais n'est rien comparé à ce que ce fou de Napoli va te faire. Il a demandé une marchandise vierge, mais on peut s'amuser autrement.

Je sens le matelas s'affaisser sous son poids.

Il me retourne brusquement. Il attrape l'ourlet de ma robe et le remonte sur mes hanches. Sa main attrape mon string.

- Non ! Non ! Laissez-moi tranquille !
- Chut ! Je suis là Printsessa ! Tu es en sécurité !

Je me débats.

- Vic ! Réveille-toi ! Tu fais un cauchemar !

J'ouvre les yeux. Je suis en sueur. Je tremble.

- Ivan !
- Oui ! Calme-toi ! Je suis là !

Il me prend dans ses bras. Il me caresse les cheveux.

- S'il te plaît Ivan, je veux rester avec toi.

Il m'embrasse sur le front tout en me berçant. Je m'accroche à lui comme à une bouée de sauvetage.

- Tu m'as promis que tu ne m'abandonnerais jamais.
- Je ne t'abandonne pas. Je te mets en sécurité.
- Me mettre dans le lit d'un autre homme, c'est me mettre en sécurité pour toi ?

Il se crispe.

- Iouri Sedov ne te touchera pas Vic.
- Ah oui ! Et c'est toi qui l'as décidé ? Le Grand Ivan Sidorov a le pouvoir sur tout ?
- Oui !

- Lâche-moi ! Je ne veux pas que tu me touches.

Je me dégage en le repoussant.

- Vic ! Me supplie-t-il.

- Laisse-moi ! Sors de ma chambre !

Il se lève et se dirige vers la porte. Il se retourne et me dit :

- Je fais tout ça pour toi. Un jour, tu comprendras. Je te demande juste de me faire confiance.

Et il s'en va, en me laissant, comme d'habitude, dans le doute.

ဢ ဢ ဢ

Je suis installée à une table au Biscottis, avec Sia et Brie. C'est un très bon choix pour un brunch. Le restaurant est très charmant. Nous avons commandé des Bloody Mary, un cocktail à base de vodka, de jus de tomate, de jus de citron et d'épices.

Brie est allée se rafraîchir aux toilettes, quand elle a appris que les hommes allaient nous rejoindre, et que Karl était avec eux.

La tension entre Karl et Brie est un grand mystère pour moi et Sia.

- Il faudra qu'elle nous explique son problème avec Karl un jour, me dit Sia.

- Ça, c'est clair, je lui réponds.

- J'ai pourtant essayé de la faire parler, mais il n'y a rien à faire. Une vraie tombe, notre Brie.

- Quand elle se sentira prête, elle t'en parlera, ma belle.

- Je te trouve très pensive Vic. Tu n'aurais rien à me dire ?

- Tu devrais demander à Stan.

- Mais je te le demande à toi, Vic.

Je baisse la tête en soupirant.

- Boris Rostov est introuvable. Ils veulent
que je fasse un mariage arrangé pour me
mettre en sécurité.
- Quoi !
- Un certain Iouri Sedov. C'est un homme
d'affaires vivant à New York.

Sia me regarde avec la bouche grande ouverte.

- C'est n'importe quoi ! Dit-elle en tapant
sur la table.
- Je ne te le fais pas redire !
- Je vais en parler avec Stan. Il doit
sûrement y avoir une autre solution. Tu pourrais
rester avec nous.
- Je pars ce soir pour New York, Sia. Iouri
nous attend pour signer les papiers.

- Oh ! Ma puce ! Je suis sûre que ce n'est que provisoire.

- C'est ce qu'Ivan m'a dit également. Il m'a demandé de lui faire confiance.

- Alors tu dois lui faire confiance.

- Mais moi, je ne veux pas lui faire confiance. Je veux pouvoir l'aimer.

Sia me prend les mains.

- Tu devrais lui dire Vic.

- Je l'ai fait. Il m'a dit que c'était impossible. Apparemment, il a fait une promesse à mon père.

- Quelle promesse ?

- De me protéger et de me considérer comme sa sœur. C'est d'un ridicule.

- Vic, je suis désolée.

- Pas plus que moi, ma belle.

Brie revient et s'installe à ma droite.

Elle est juste magnifique.

- Je repars pour New York ce soir, les filles, nous dit-elle. Je commence le travail lundi.

- Je suis triste que tu repartes aussi vite. Je pensais qu'on pourrait passer du temps ensemble, lui répond Sia.

- Je sais, chouquette, mais je dois prendre mes repères.

Brie a toujours voulu être médecin.

Elle a tout fait pour se détacher de sa famille, issue de la grande aristocratie française, qui voulait lui imposer un choix de carrière qui ne lui convenait pas.

Elle réalise son rêve et intègre le Bellevue Hospital de New York. Elle va faire son internat dans le service de Neurologie.

C'est une tête notre petite brune.

On continue à parler de tout et de rien pendant l'heure qui suit.

Les hommes nous rejoignent.

Stan nous informe que Karl sera du voyage, jusqu'à New York, avec nous.

Brie se crispe à cette annonce. Il y a une tension incroyable entre eux. Les silences parlent d'eux-mêmes et trahissent leur désir mutuel.

J'ai le sentiment que quelque chose va se produire entre eux.

Il va être sympa le voyage.

Explosive même.

❦❦❦

Le trajet s'est déroulé sans encombre.

Le chauffeur nous dépose au « The Quin »,
situé à 165 mètres de Central Park, dans
Manhattan. Un hôtel légendaire par son style
Beaux-Arts.

Ivan n'a pas fait les choses à moitié. Il nous a
réservé le Penthouse Suite, niché tout en haut
de la tour. Un sanctuaire impressionnant de
luxe avec une terrasse privée, avec vue
magnifique sur la ville de New York.

Je suis tranquillement installée et sirote un
verre de vin lorsqu'on toque à la porte.

-   Entrez !

La porte s'ouvre et Ivan se tient devant moi les
mains dans la poche.

Je l'examine de la tête aux pieds. Il est d'une
beauté sauvage. Il doit mesurer 1,95 mètres.
Ses cheveux sont mi-longs et de couleurs

châtains. Ses yeux sont de couleur miel. Il a un corps tout en musclé. Il est très intimidant.

- Bonsoir ! Printsessa, me salue-t-il.
- Bonsoir ! Je lui réponds, froidement.
- Je voulais savoir si tout aller bien. Et si tu avais besoin de quelque chose.
- Comme tu peux le voir, tout va bien, et je n'ai besoin de rien.
- Tu m'en veux, je le sais, mais comme je te l'ai dit, je veux que tu me fasses confiance.

Je ne lui réponds pas.

- Vic ! Dis quelque chose s'il te plaît.
- Je pense qu'on s'est déjà tout dit.

Il referme la porte et se rapproche de moi.

Il s'installe à côté de moi et me prend les mains. Son geste me fait battre le cœur.

J'essaye de m'éloigner de lui parce que ça me perturbe, mais il refuse.

- Ne fais pas ça, tu sais que ça me touche.

Je tourne la tête. Je ne veux pas qu'il voit mes larmes.

- Ce n'est que provisoire Vic.
- Oui ! Et après ?
- Après, on verra.

Je me lève et me dirige vers la baie vitrée. La vue est grandiose, mais je n'arrive pas à l'apprécier.

- J'ai quelque chose pour toi.

Je me retourne et le voit sortir une petite boîte de sa poche.

Il me rejoint et me la donne.

- Qu'est-ce que c'est ?
- Un cadeau pour toi. Je voudrais que tu les portes, et que tu ne t'en sépares jamais.

Je suis intriguée. Je prends la boîte et soulève le couvercle.

C'est une paire de boucles d'oreilles en diamant, en forme de puces, discrète mais infiniment élégante.

- Oh ! Elles sont magnifiques.

Je suis très émue.

- C'est en quel honneur ?
- Pour que tu saches que je serais toujours là. D'ailleurs, je veux que tu les portes tout de suite, s'il te plait, me dit-il d'une voix douce.

Et c'est ce que je fais.

J'ai envie de pleurer.

- Pourquoi tu fais ça Ivan ? C'est un jeu pour toi ?
- Promets-moi que tu ne t'en sépareras jamais.

Je relève la tête et le regarde. J'essaye de comprendre. Il veut me dire quelque chose, mais je ne sais pas ce que c'est. Il a le regard triste.

- Je te promets Ivan.
- Merci, dit-il d'un ton rassuré. Je vais te laisser maintenant. On se voit demain. Iouri nous attend chez lui, à 14 h 00.

Quoi ! C'est tout !

Il se retourne pour s'en aller, mais je le retiens en lui attrapant le bras.

Je le contourne et me place devant lui. Il est très grand. Je relève la tête et fixe ses lèvres. Il fait de même.

- C'est un adieu Ivan ?

Il détourne la tête mais je ne le laisse pas faire. J'attrape son visage des deux mains pour l'obliger à me regarder.

- Tu me caches quelque chose. J'en suis sûre.

- Je ne peux rien te dire pour le moment, Printsessa.

- Alors je ne rêve pas, tu ressens la même chose que moi. Cette alchimie, cette attirance, je ne l'invente pas.

Il ne le nie pas.

Il a toujours été incapable de détourner son regard de moi.

Je le vois souvent m'observer de la tête aux pieds et lorsqu'il réalise que je l'ai surpris en train de me fixer, il détourne les yeux et agit comme si de rien n'était. Et ça arrive dans le sens inverse aussi.

Même si ça peut avoir l'air puéril, ça n'en reste pas moins véridique.

- Qu'est-ce que je dois faire pour changer les choses ?

- Me faire confiance. Pour qu'un jour, on puisse être ensemble.

- Embrasse-moi !

- Non !

S'il me rejette, c'est qu'il n'est pas intéressé, et j'ai du mal à l'accepter. Ça fait très mal, mais je dois garder en tête que c'est lui qui est perdant, pas moi.

- J'en ai autant envie que toi Vic. Mais si je t'embrasse, je ne pourrai pas m'arrêter.

Il me relève la tête et me caresse la lèvre avec son pouce.

- Tu es tellement belle ! Tu es juste parfaite.

Je sens une larme couler sur ma joue qu'il fait disparaître immédiatement.

Son front est collé au mien. Ses mains sont autour de mon visage et il me caresse le visage avec des mouvements circulaires du pouce.

Je tourne la tête et pose mes lèvres sur son cou. Je le sens frissonner.

Il m'attrape par les hanches et me colle à lui.

- Tu veux sentir la force de mon désir pour toi, Printsessa ? Me dit-il, en se frottant à moi.

Je retiens mon souffle.

L'alchimie entre nous s'intensifie.

Mon corps est animé d'une tension sexuelle, attendant simplement de s'exprimer.

Mes sens en éveil captent, les moindres détails : la forme de son visage, ses fossettes tellement sexy.

- Tu veux me mettre à genoux, mais je ne craquerais pas. Pas maintenant en tout cas.

Il me relâche si brusquement que j'en perds l'équilibre.

On se fixe intensément. La tension est à son maximum.

- Bonsoir Vic, on se voit demain, dit-il froidement, et il s'en va en claquant la porte.

Il s'est passé quoi là ! Il m'a encore laissé en plan !

Je suis toute tremblante. Je ne sais pas si je dois en rire ou en pleurer. L'histoire se répète.

On sait où cela m'a mené la dernière fois qu'il m'a fait ça.

J'ai l'impression de replonger à cette période. Je sens la crise d'angoisse pointer son nez.

Je commence à ressentir des picotements dans les doigts, à l'intérieur de la bouche, et mon cœur bât de plus en plus vite. Une douleur me monte à la tête, je vois des petits points blancs partout.

J'essaye de garder mon calme. Je suis figée par la peur et j'ai l'impression que je vais m'écrouler.

Respire Vic ! Respire !

CHAPITRE 6

Moscou, Juillet 2015

Je sais que j'enfreins les règles.

Mon père va être furieux, mais j'ai besoin de me changer les idées.

Ivan m'a rejeté. Je lui ai ouvert mon cœur. Je lui ai dit que je voulais être avec lui, mais il m'a repoussé.

J'ai rejoint mon amie, Anna, au Loundge Bar.

Je ne risque rien, le bar appartient à mon père.

Les gardes du corps ne devraient pas tarder.

Damien, un ami de Stan et Ivan, a sûrement dû les prévenir.

Ça va chauffer pour moi, mais je m'en fous.
J'espère qu'Ivan va venir. J'ai besoin de le
provoquer. Qu'il comprenne que ses règles, il
peut se les foutres où je pense.

- Tu ne devrais pas être là sans protection,
me dit Damien, en fronçant les sourcils.
- Je suis sûre que tu les as prévenus.
Donc ! Le temps que je réintègre ma prison, tu
pourrais me servir un autre verre, je lui
rétorque, en lui faisant un clin d'œil.
- Ok ! Profites-en bien parce qu'ils seront là
dans dix minutes, me dit-il, amusé.
- Je bois mon verre et je vais me cacher
dans les toilettes. Ils ne vont pas venir me
chercher là-bas, non ?
- Je ne te garantis rien, dit-il, en souriant.

Je commence à avoir la tête qui tourne. J'en
suis à mon cinquième verre. Anna s'éclate sur
la piste de danse. Je prends mon sac et me

dirige vers les toilettes. J'ai besoin de me rafraîchir.

Je me lave les mains après m'être soulagé. Je me regarde dans le miroir. Je ne comprends pas pourquoi Ivan ne veut pas de moi. Je ne suis pourtant pas désagréable à regarder. J'ai une longue chevelure blonde avec des yeux bleus. Je suis de grande taille, mais gracile. Mon père dirait que je suis lumineuse, mais après, c'est l'avis de papa.

Quel père dénigrerait sa fille.

Ivan aime peut-être les brunes de petite taille. Qu'est-ce que j'en sais, moi. Je ne l'ai jamais vue avec une femme.

Ou alors, il est homo, je me dis en pouffant de rire.

Il faudrait peut-être que je demande à Stan.

Je suis interrompue dans mes pensées par l'ouverture fracassante de la porte.

Je n'ai pas le temps de réagir, qu'on m'agrippe à la gorge. Un homme de grande taille me place un mouchoir sur la bouche.

Je n'arrive plus à respirer. Je vais m'évanouir.

J'ai chaud et suis prise de nausées. Mes mains sont moites et je commence à voir trouble.

Je me sens partir, et c'est le trou noir.

La dernière personne à laquelle je pense, c'est Ivan.

ᡒᡒᡒ

On me secoue violemment.

J'essaye d'ouvrir les yeux.

- Vous lui avez donné quoi comme dose ?

- On ne voulait pas qu'elle nous pose de problèmes pendant le voyage, patron.

Je gémis.

- Enfin, elle se réveille !

Je soulève lentement les paupières. Trois hommes sont à mon chevet. Je suis sur un matelas, les mains ligotées.

- Qui êtes-vous ? Je leur demande, d'une voix pâteuse.

- Boris Rostov ! Me répond l'un des hommes, d'un ton sec.

Je tourne lentement la tête vers lui. Je ne sais pas qui est cet homme.

Il a un regard glacial et méchant. Il fait peur.

- Tu vas être notre invité quelque temps.

Mon corps se fige, je n'ose plus bouger.

Je frémis à ce qu'il vient de m'annoncer.

- Si on nous donne ce que l'on veut, tout se passera bien.

Je commence à avoir des sueurs froides. Mon cœur bat la chamade.

- Qu'est-ce que vous voulez ?
- Stanislas Petrov et Andrei Arkadi.
- …
- Ils m'ont tout pris. Et toi, tu vois, tu vas m'aider à tout récupérer.
- …
- S'ils tiennent à toi, ils me donneront tout ce que je veux.
- …
- Sinon, tu en subiras les conséquences.

Et j'en ai subi les conséquences.

Je ne sais pas combien de temps ça à durer, une semaine, un mois, je ne pourrais pas le dire.

J'ai été battu, affamé, mais ils ne m'ont pas violé.

J'ai tenu bon. Chaque jour était plus difficile, mais j'ai tenu bon, parce que je savais qu'ils allaient me retrouver.

Je ne sais pas comment j'ai eu la force de supporter ces jours. Je sentais une présence, quelque chose qui m'a aidé à rester en vie. Cette présence, c'était Ivan.

Et il m'a retrouvé. Le 15 septembre exactement.

Je n'oublierais jamais la détresse d'Ivan lorsqu'il m'a libéré.

   - Vic ! Mon Dieu ! Qu'est-ce qu'ils t'ont fait ?

Je ne devais pas être très jolie à voir.

- Ivan ! Je gémis en essayant de le toucher.

- Pardon ! Pardon ! Pardon ! Tout est de ma faute, répète-t-il en me prenant délicatement dans ses bras.

Oh ! Mon Dieu ! Ça fait mal.

J'ai l'impression qu'un camion m'a percuté.

- Je vais m'occuper de toi, mon ange, dit-il en m'embrassant sur le front.

- Ivan ! J'ai mal.

- Vic ! Putain ! Ce n'est pas vrai !

C'est la voix de Stan. Je l'entends jurer.

Ils m'ont retrouvé !

- Les secours arrivent, mon ange. Ils vont te donner ce qu'il faut pour que tu ne souffres pas, me rassure Ivan.

- Je n'arrive pas à soulever mes paupières. Je veux vous voir.

- Ne force pas, ma belle, me dit Stan.

- Je ne sens plus mon corps.

- Tu es forte, Printsessa. Tu vas t'en sortir. On sera là pour toi. On va te remettre sur pied. Je te le promets.

သြသြသြ

Ma convalescence a été très longue et douloureuse.

Les premières semaines, j'y pensais tout le temps. J'en ai rêvé. J'ai fait beaucoup de cauchemars. Je ne voulais pas me retrouver seule. J'avais du mal à dormir la nuit. Je me posais un tas de questions.

Je me réveillais la nuit. A revivre la scène. A revivre la scène, une fois de plus.

Il y a des moments où j'arrivais à ne plus y penser pendant un certain temps, tout en sachant que c'était toujours là. Et puis ça resurgissait.

Mon agression m'a laissé des traces souvent indélébiles.

Ces monstres ont semé le doute, la culpabilité et les remords, en moi. Ils ont semé la peur et la terreur. Ils avaient cette capacité à glacer le sang, figer l'esprit, paralyser le corps.

Ivan et Stan ne m'ont pas abandonné. Ils étaient là pour moi.

Ils me répétaient : « Préviens-nous si tu préfères que l'on s'en aille ou qu'on arrête de te poser des questions, on ne se vexera pas ! ». Ils n'avaient pas peur de mes silences. Ils n'essayaient pas de le combler avec du bavardage. Ils avaient compris que j'avais tout simplement besoin d'être assise avec eux sans parler.

J'ai fini par accepter que m'en remettre, allait prendre du temps.

J'ai éprouvé de la colère. Or, la colère est une émotion salvatrice, qui ramène à la vie.

CHAPITRE 7

New York, 15 septembre 2020

Ça sonne une fois, deux fois, trois fois.

- Vic ! Tout va bien ? Me demande Brie.

- Bonsoir ma belle. Ça te dit un dernier verre ?

- Je suis au bar, viens me rejoindre.

- J'arrive.

Je me prépare rapidement et vais la retrouver.

Brie est seule. Elle est très pensive. Elle sursaute lorsque je prends place à côté d'elle.

- A quoi tu pensais comme ça ? Je lui demande.

- A rien de particulier, Blondie, me répond-elle.

- Tu ne trouvais pas le sommeil ?

- On peut dire ça, dit-elle, en prenant une gorgée de bière.

- Comme ça, on sera deux.

- Qu'est-ce qui te perturbe ?

- Et toi ?

- Une question pour réponse, tu peux faire mieux, Vic, dit-elle en pouffant.

- C'est Ivan.

- C'est Karl.

On a parlé au même moment et ça nous fait rire.

- On fait bien la paire toutes les deux, je lui dis.

Elle me fixe et attend que je poursuive.

- Il ne veut pas de moi Brie, et ça me met dans une colère, tu ne peux pas imaginer. Il me cache quelque chose et je ne sais pas « QUOI ». J'ai essayé de lui tirer les vers du nez, mais il n'y a rien à faire. Il dit que c'est pour ma sécurité, qu'il fait tout ça pour me protéger, mais j'ai du mal à le croire.

J'ai parlé d'une traite.

Brie me prend la main.

- Il doit avoir de bonnes raisons. Fais-lui confiance, ma belle.

- C'est marrant, mais il m'a demandé ça justement.

- Demandé quoi ?

- De lui faire confiance.

- Alors ! Fais-lui confiance. Ivan est un homme bon, Vic. Il tient à toi.

- Ah oui ! Et comment tu l'as compris ?

-    La façon dont il te regarde, ma belle.
C'est si intense.

Je ne peux pas m'empêcher de rigoler.

-    Je suis sérieuse, Vic. Ivan est amoureux
de toi. C'est évident. S'il y a bien quelque chose
de difficile à cacher, ce sont les sentiments
amoureux.

-    Et je fais quoi alors ?

-    Tu patientes ! Me conseille-t-elle.

-    Tu sais que moi et la patience, on fait
deux.

-    Tu dois faire un travail sur toi, ma belle,
parce que ce n'est pas l'amour qui prend fin,
mais la patience.

Quelle sagesse ! Brie est celle qui, de nous
trois, peut allier la conscience, la prudence, la
sincérité et le discernement dans ses
raisonnements.

Je suis toujours autant, énervée mais je vais suivre le conseil de Brie. Au point où j'en suis, un an de plus ou de moins, ça ne changera pas grand-chose.

On parle de tout et de rien durant l'heure qui suit.

La discussion est plus focalisée sur Brie, mais elle n'a rien voulu lâcher. Je n'en sais pas plus sur le conflit qui l'oppose à Karl.

Nous sommes interrompues par l'arrivée de Karl.

Il se place à côté de Brie et lui murmure quelque chose à l'oreille. Brie se fige.

Je me sens de trop.

Je suis ni à l'aise, ni à ma place.

Il est temps pour moi de les laisser en tête-à-tête.

-   Bon ! Je crois que je vais vous laisser. Vous avez sûrement des choses à vous dire. Je vais prendre un peu l'air.

Je me lève, mais Karl m'attrape par le coude.

-   Tu ne vas nulle part sans tes gardes, me dit-il.

-   Mais ! ça va pas, non ! Lâche-moi ! Tu me fais mal, Karl.

Il me relâche instantanément. Il est embarrassé.

-   Excuse-moi Vic. Je vais te raccompagner jusqu'à ta chambre, ma belle. Je récupère quelque chose à l'accueil et j'arrive. Attends-moi ici.

-   Oui ! Voilà ! On va faire comme ça, je lui rétorque.

-   Et toi, Brie, tu restes ici, lui dit-il. Je te rejoins dans dix minutes. On a des choses à se dire. Cette situation a assez duré.

Sur ce, il se dirige vers l'accueil.

Brie est troublée.

- Je pense que c'est l'occasion pour vous deux de mettre les choses à plat, Brie.

Elle est plongée dans ses pensées.

Je l'embrasse et lui souhaite une bonne soirée.

Je décide de ne pas attendre Karl.

Il est tard et il n'y a pratiquement personne dans le hall.

Arrivée devant les ascenseurs, je vois la silhouette d'un homme. Il est vêtu tout en noir. Il se tient devant l'issue de secours.

Tout se passe très vite. Je n'ai pas le temps de réagir.

Il se dirige rapidement vers moi. Menacée par une arme, je suis forcée de le suivre. Il me traîne hors de l'hôtel en passant par l'issue de secours. Une voiture est à l'arrêt sur le trottoir. Il m'agrippe par le bras et me pousse brutalement, à l'intérieur. J'entends crier mon prénom au moment où l'homme démarre son véhicule.

- Vic ! Mon Dieu ! Non !

C'est la voix d'Ivan. Il crie de désespoir.

Je suis furieuse contre moi-même.

Une fois de plus, je n'ai pas respecté les règles.

Qu'est-ce que j'ai encore fait ?

Mon père me dirait « Tu n'en as pas assez de répéter toujours les mêmes erreurs ? »

Mon cœur pleur et gémit.

L'histoire se répète, et cette fois, je ne sais pas si je vais m'en sortir.

CHAPITRE 8

New York, 16 septembre 2020

Après une heure de route, nous sommes de retour au « The Quin ».

Ivan me raccompagne jusqu'à ma chambre.

- Va prendre une douche, je t'attends ici, me dit-il en se dirigeant vers le bar.

Je suis cloué sur place, le regard figé.

- Comment tu as fait pour me retrouver aussi vite ?

- On en parle après.

Il a raison. Je me sens sale. J'ai besoin de me rafraîchir.

Je récupère mes affaires et me dirige vers la salle de bains.

Je me déshabille et rentre sous la douche. L'eau m'apaise, tombe dans mes cheveux et coule sur mon visage. Je vois l'eau qui glisse sur mes seins. Je prends une noisette de shampoing et l'applique sur mes cheveux. Je fais de même pour le corps. Je me rince et récupère une serviette pour me sécher.

Je sors et enfile mes sous-vêtements.

Je passe le peignoir, accroché au support derrière la porte, et vais rejoindre Ivan.

Je me sens prête à l'affronter.

Il est installé sur le canapé avec un verre à la main.

Il relève la tête à mon arrivée.

Il m'examine de la tête aux pieds.

- Tu veux boire quelque chose ? Me demande-t-il.

- Non ! Merci !

- C'est comme tu veux. Viens t'asseoir.

Je m'installe sur le fauteuil en face de lui.

- Tu voulais savoir comment je t'avais retrouvé aussi rapidement.

Il prend une gorgée en me dévisageant.

- Les boucles d'oreilles, me dit-il, tout simplement.

Je porte les mains à mes oreilles. Je ne comprends pas.

- Une puce de localisation est incrustée à l'intérieur. Ton père a pensé que c'était la meilleure solution.

J'en reste bouche bée.

- Quelle idée de génie, je lui réponds avec dédain.

- Tu vas arrêter avec ton sarcasme. Heureusement que nous avions ce dispositif pour te localiser rapidement. Sinon, tu serais dans un avion à destination de l'Italie.

Je frissonne à l'idée de ce qui me serait arrivé.

- Tu as raison ! Je vais arrêter de jouer à la fille pourrie gâtée. C'est bien comme ça que tu me vois, n'est-ce pas ?

- Pas du tout, Printsessa.

- Et comment tu me vois ?

- Comme la femme splendide, que tu es, dit-il avec tendresse.

Un silence pesant s'installe à sa confession.

Je me lève et me serre un verre d'eau au bar. Je suis dos à Ivan. Je ne veux pas qu'il voit toute ma détresse.

- Boris Rostov est mort ! M'annonce-t-il, brusquement.

Je me retourne à cette information.

- Tu es sûre ?

- Oui ! Je lui ai tiré une balle dans la tête ! C'est terminé.

Je ressens un grand soulagement.

- Le mariage est annulé, alors ? Je lui demande, avec espoir.

- Non !

- Mais pourquoi ?

- Ton père en a décidé comme ça.

- Tu es sérieux ?

- Ce n'est pas ma décision, Vic.

- Qu'est-ce que tu me caches ? C'est quoi cet arrangement ?

- Il faut demander ça à ton père, dit-il en détournant le regard.

- Je te le demande à toi, Ivan. Réponds-moi !

Il ne répond pas, bien sûr.

J'en ai marre de son silence, alors je décide de le provoquer.

- Iouri Sedov va devenir mon mari. Tu as dit qu'il ne me toucherait pas, mais moi, je vais le laisser me baiser. Je serais sa femme. Je porterais ses enfants et le premier fils que j'aurais, je l'appellerais « IVAN ». Tu accepterais d'être son parrain, n'est-ce pas ? Je lui demande.

Il se lève brusquement et me rejoint rapidement. Il prend mon verre des mains et le balance sur le mur.

Il me soulève et me dépose sur le bar. Il écarte mes jambes et se place entre. Il pose ses mains sur mes cuisses et remonte lentement vers mon entre-jambe. Il me caresse avec les pouces à la limite de ma féminité.

J'en ai le souffle coupé.

Il ferme les yeux et secoue la tête. Je sens qu'il mène un combat intérieur.

Il rouvre les yeux et me fixe. Son regard exprime son désir pour moi.

- La seule personne qui te baisera, ça sera moi, affirme-t-il.

Il baisse la tête et me mord la lèvre inférieure. Il passe la langue dessus. Son souffle est saccadé, alors que moi, j'ai arrêté de respirer.

- Iouri Sedov ne te touchera pas ! Sinon, je le tue.

J'ai enfin réussi à le faire réagir.

Il dépose de légers baisers tout autour de ma bouche.

Il relève la tête, me fixe à nouveau.

- Je n'en peux plus, Vic, tu m'as mis à genoux.

- Je ne te veux pas à genoux, je te veux en moi. Je veux être à toi.

Je prends son visage entre mes mains et l'embrasse. Je mets tout mon cœur dans ce baiser.

Sa respiration devient profonde et saccadée.

Mon cœur se débat dans tous les sens. J'ai envie de le toucher partout. J'ai peur qu'il m'échappe. Je veux me laisser emporter par la folie de l'amour, du désir. Mes jambes tremblent.

Je veux m'offrir à lui, et tant pis pour les conséquences.

Il me prend dans ses bras et se dirige vers la chambre.

Il me dépose près du lit.

- Tu me veux, mais je te veux encore plus.
Tu me fais rompre ma promesse, mon ange.

Mon cœur bat la chamade.

- On trouvera un moyen de se faire
pardonner.

- Tu es la seule femme avec qui je veux
être. Tu le sais, n'est-ce pas ?

Je me rapproche et fait glisser mes mains sur
son torse.

Il penche la tête et pose son front contre le
mien. Il inspire profondément.

Il relève mon menton, les doigts appuyés sur
mon cou.

Il prend mon visage entre ses mains et pose
ses lèvres sur les miennes.

Il empoigne mes cheveux à pleine main, comme s'il avait peur que je lui file entre les doigts.

Il appuie l'autre main dans le creux de mes reins, se collant à moi, pour me faire sentir son érection.

Son souffle m'emplit les poumons.

Il recule et me fixe d'un regard brûlant. Sa poitrine monte et descend rapidement.

Et c'est à ce moment que tout bascule.

Son téléphone commence à sonner. Il le sort de sa poche et le consulte.

-   C'est Stan, me dit-il. Je dois lui répondre.

Il se détourne et répond.

-   Oui !

-   …

-   Je suis avec elle.

- …

- A quelle heure ?

- …

- Stan ! Je ne sais pas si je vais pouvoir le faire.

- …

- Je sais putain !

- …

- C'est compris, mon frère, dit-il, en raccrochant.

Il contemple son téléphone longuement. Il est complétement désemparé.

- Ivan ? Qu'est-ce qui se passe ?

- Iouri Sedov nous attend chez lui, demain, à 14 h 00, dit-il.

- Et ?

- Vic ! Stan vient de me dire qu'on ne pouvait pas faire marche arrière. Tu dois l'épouser Printsessa.

Il est complétement abattu.

- Ivan ! Non ! Ne fais pas ça !
- Je viendrais te chercher à 12 h 00.
- Tu n'es qu'un lâche, Ivan Sidorov.
- Je suis désolé.
- Je te déteste !
- Je dois y aller, mon ange.

Il s'en va en claquant la porte.

CHAPITRE 9

New York, 17 septembre 2020

J'ai passé la nuit à pleurer.

Je me réveille avec un mal de tête atroce. Je consulte mon téléphone pour vérifier mes messages.

J'ai dix appels en absence de Sia. Je la rappellerais tout à l'heure. Je dois d'abord m'entretenir avec mon père.

Il me répond à la troisième sonnerie.

- Moya Printsessa !
- Papa !
- Comment tu vas, mon bébé ?
- Je vais bien papa.

- J'ai eu très peur pour toi, ma fille !

- Je sais papa. Je suis désolée.

- L'essentiel, c'est que tu sois saine et sauve. Je serais à New York dans 4 heures.

- J'aurais des questions à te poser, papa.

- Oui ! Dis-moi ce qui te tracasse ?

- Tout d'abord, merci pour la puce de localisation dans les boucles d'oreilles. C'était une idée de génie. C'est sûrement ça qui m'a sauvé.

Il reste silencieux. Je prends mon courage à deux mains et je continue.

- Ensuite, je voudrais savoir en quoi consiste la promesse qu'Ivan t'a faite.

- Pourquoi tu veux savoir ça ?

- Papa ! Je ne veux pas épouser Iouri.

- C'est provisoire Vic.

- Papa ! Ça ne va pas te plaire, mais c'est Ivan que je veux.

Il souffle dans le combiné.

- Victoria ! Reprend-il, d'une voix tendue. C'est plus compliqué que ça.

- Boris Rostov est mort. Il n'y a plus de danger.

- Ça n'a rien à voir avec Rostov.

- Alors, c'est quoi ?

- On en parle dès que j'arrive, ma poupée.

- Papa ! Ça sera Ivan sinon rien, je lui réponds en raccrochant.

Voilà ! Maintenant, c'est dit.

Rien ne me fera changer d'avis.

Si ce n'est pas lui, et bien tant pis, je finirais vieille fille.

Après une douche rapide, je m'installe dans le salon pour prendre mon petit-déjeuner. J'en profite pour appeler Sia et la rassurer.

Je déguste mon café quand Ivan arrive.

Il s'installe en face de moi.

- Andrei m'a appelé, me dit-il.
- Bonjour à toi également Yvan.
- Il était hors de lui.
- Je m'en fous.
- Ne fais pas ça, Vic.
- Et tu voudrais que je fasse quoi exactement ?

Il se lève et se place devant la baie vitrée.

- Que tu écoutes pour une fois.
- Je suis tout ouïe. Je t'écoute.
- Ton père sera bientôt là. Il te donnera toutes les explications que tu attends.
- Et c'est tout ? Tu n'as rien à me dire, toi ?
- Je regrette ce qui s'est passé hier soir. Ça n'aurait jamais dû se produire. J'ai perdu le contrôle.
- Mais moi, je ne regrette rien. J'attends avec impatience les explications de mon père.

Il se retourne vers moi et se passe les mains dans les cheveux.

- Dans d'autres circonstances, les choses auraient été différentes, Vic. Je vais te laisser maintenant. Ton père ne devrait pas tarder. Je voulais seulement te dire que je regrette de te faire subir tout ça.

Je suis émue par sa confession. J'en ai les larmes aux yeux.

Il sort de la chambre en refermant discrètement la porte.

- Mais moi, je n'en ai pas terminé avec toi, Ivan Sidorov.

Mais il ne m'entend pas.

Maintenant, il ne me reste plus qu'à patienter.

A nous deux, papa !

Je suis dans les bras de mon père. Il m'enlace tendrement et me pose un baiser sur le front.

- Mon rayon de soleil, dit-il, d'une voix rauque. Tu m'as manqué.

- Toi aussi, papa, je lui réponds, en l'embrassant sur la joue.

Deux gardes sont postés devant la porte, armés jusqu'aux dents.

On s'installe sur le canapé et papa se sert un verre de scotch.

- Ce que je vais te raconter est difficile pour moi, alors ne m'interromps pas, s'il te plaît.

Il prend une gorgée et pose son verre sur la table basse.

- Tout ce que je vais t'annoncer, c'est déroulé avant ta mère. J'ai rencontré une femme, Helena, à une exposition d'art. C'était un coup de foudre. Elle venait de perdre son mari et elle avait deux enfants, des jumeaux de quatre ans. Notre histoire à durée environ quatre ans et comme tu peux l'imaginer, ça s'est mal terminée. Helena ne supportait plus le monde dans lequel je vivais. La violence, les armes, la sécurité rapprochée. Tout ça la rendait dingue. Elle a voulu partir. J'ai accepté, mais à une seule condition, qu'elle me laisse un des jumeaux. Je n'envisageais pas de me marier et j'avais besoin d'un héritier. Elle a accepté.

- Quoi ?

- S'il te plaît, ne m'interromps pas, c'est déjà assez difficile pour moi de t'expliquer tout ça. Et pour te dire la vérité, je n'en suis pas très fière.

- Papa ! Qu'est-ce que tu as fait ? Je lui demande, les larmes aux yeux.

Il reprend une nouvelle gorgée.

- Elle m'a laissé Ivan.

J'ai le cœur qui commence à palpiter. Je n'ose pas l'interrompre. Je me sers un verre de scotch également.

- Helena a quitté La Russie et s'est installée à New York avec Iouri.

Je suis tellement choquée que j'en laisse tomber mon verre, qui se répand sur la moquette.

- Iouri Sedov ?

- Oui ! Lui-même, me confirme-t-il.

Il s'interrompt pour prendre une autre gorgée.

- Iouri est le frère jumeau d'Ivan ?

Il hoche la tête pour confirmer.

-   Elle a rencontré un homme d'affaires, Igor Sedov, et l'a épousé. Son mari a adopté Iouri. Moi de mon côté, j'ai rencontré ta mère.

Il se passe les mains sur le visage.

-   Lors d'un voyage à New York, on s'est croisé. Nous avons eu une aventure.

Il reprend une gorgée, et continue.

-   Elle a eu une fille et j'ai appris bien plus tard que c'était ma fille.

Je retiens ma respiration.

-   J'ai une demi-sœur ? Je lui demande, en larmes.

-   Oui ! Elle s'appelle Stella et elle a 8 ans maintenant.

-   Pourquoi te le dire maintenant ?

-   Lors d'une dispute avec son mari, elle lui a avoué que Stella était ma fille et qu'elle m'aimait toujours. Il l'a très mal pris, comme tu peux l'imaginer. Il a fait des recherches sur moi et discrètement, il a commencé à acheter des actions de mes sociétés.

- Oh !

- Iouri et Stella sont ses héritiers. Pour que tu puisses récupérer ton héritage, tu dois épouser Iouri.

- Papa ! Je suis amoureuse d'Ivan. Je ne peux pas.

- Je le sais ma puce. Je l'ai toujours su.

- Alors, comment tu peux me demander de faire ça ?

- Ivan m'a fait une promesse, me dit-il. Récupérer ton héritage !

- Je n'en veux pas !

- Iouri a accepté de faire un contrat de mariage dans lequel il sera stipulé que tu aurais les actions de mes sociétés en cas de divorce.

- Non !

- Six mois, Vic. Ça sera un mariage de six mois.

Je me cache le visage entre les mains.

C'est trop pour moi.

Comment ont-ils pu me cacher ça tout ce temps.

- Je veux rencontrer ma petite sœur.
- Moi aussi, je veux rencontrer ma fille, Printsessa, dit-il, les larmes aux yeux.
- Stella ! J'ai une petite sœur et elle s'appelle Stella, je dis avec un grand sourire.
- Viens là, ma belle.

Je le rejoins sur le canapé. Il m'enlace et je pose ma tête sur son épaule.

- Je suis désolé de te l'apprendre de cette façon.
- Et maman, elle le savait ?

- Je n'aurais jamais trompé ta mère, mon ange. Elle était déjà décédée. Je ne lui ai jamais parlé de Helena.

Je recommence à pleurer en pensant à ma mère.

Quand je l'ai perdu, j'étais désemparée. Je me souviens que j'étais assise sur les escaliers, en pleurs. Ivan m'a rejoint et m'a dit « Je te protégerais jusqu'à la fin de ma vie ». Je suis tombée amoureuse de lui ce jour-là.

Orpheline très jeune, j'ai appris à me débrouiller toute seule.

Je me suis construite autour de ce vide en évitant d'en parler.

Elle ne connaîtra jamais la personne qu'elle a mise au monde.

Est-ce qu'elle serait fière ?

Ce qui m'attriste le plus, c'est qu'elle ne connaîtra pas mes enfants.

Elle représentait un modèle et un guide, pour moi. Elle était ma référence, celle à qui je posais des questions en premier.

Elle adorait que je lui dessine des fleurs colorées. J'étais toujours empressée de lui montrer mon travail accompli.

Elle était aussi ma meilleure amie. Je pouvais tout lui dire. Nos échanges me manquent.

Je renifle d'une manière peu élégante. Il me caresse les cheveux.

-   Dès que tout ça sera terminé, Helena va demander le divorce, me dit-il. Elle me rejoindra à Moscou, avec Stella. Ta sœur aura besoin de toi.

-   Tu pourras compter sur moi, papa.

- J'ai aimé ta mère, mon ange, mais Helena est la femme de ma vie. Et c'est réciproque.

- Je veux que tu sois heureux, papa.

- Je le sais ma belle.

- J'accepte d'épouser Iouri, mais à une seule condition.

- Laquelle ?

- Dès que tout ça sera terminé, je veux que tu libères Ivan de la deuxième promesse qu'il t'a faite.

Il m'interroge du regard.

- Celle de me voir comme sa sœur. Mais je ne veux pas que tu lui dises. J'ai besoin de le rendre jaloux, pour tout ce qu'il m'a fait subir jusqu'à maintenant.

Mon père ne peut s'empêcher de rire.

- J'accepte ta condition Printsessa, mais ne le fais pas trop souffrir. C'est un homme bon et il tient énormément à toi. Rien n'est de sa faute. Il n'a fait que suivre mes ordres.

Il se relève et arrange sa veste.

- Maintenant, prépare-toi ! M'ordonne-t-il. Iouri nous attend et j'ai hâte de le revoir également.

Il me prend dans ses bras.

- Je t'aime, papa.

Il pose ma tête sur son torse et me caresse les cheveux.

- Moi aussi, je t'aime, ma princesse.

CHAPITRE 10

New York, 17 septembre 2020

Stan et Sia nous ont rejoints à l'hôtel. Ils ne voulaient pas me laisser seuls.

Je fais le trajet avec Ivan. Il ne veut pas le montrer, mais il est très stressé.

Il a envie de me parler, mais je ne vais pas lui faciliter la tâche.

Voyant que je l'ignore royalement, il décide de lancer la conversation.

- Printsessa ?
- Je n'ai rien à te dire, Ivan.
- Je ne pouvais rien te dire.
- Tu ne peux pas faire mieux ?

- Il voulait te le dire lui-même.

- Maintenant, c'est fait.

Il soupire.

- Six mois, Vic ! Après, on pourra être ensemble.

- Tu oublies ta deuxième promesse, Ivan Sidorov. Tu sais, celle de me voir comme ta sœur.

- Tu ne seras jamais ma sœur, tu le sais très bien.

- Non, effectivement. Je serais ta belle-sœur. D'ailleurs, j'ai oublié de le demander à papa, vous êtes de vrais jumeaux ?

Il se crispe.

- Vu ta réaction, c'est le cas.

Il m'attrape la main et me tire vers lui.

- Il ne te touchera pas.

- Lui « non », mais moi « oui ». Et s'il te ressemble, je n'aurai pas trop d'efforts à faire.

- Ne fais pas ça !

- Je vais me gêner.

Il me rapproche encore plus de lui. Ma poitrine est collée sur son torse. Il fixe mes lèvres. Il a envie de m'embrasser.

- S'il touche à un de tes cheveux, je le tue, c'est clair.

Et il me repousse.

- Connard !

- Cette belle bouche ne devrait pas dire ce genre de grossièretés.

- Tu as raison. Cette belle bouche, comme tu dis, a des choses beaucoup plus intéressantes à faire.

Les muscles de sa mâchoire se crispent. Il serre les poings.

-   Et c'est à moi que tu les feras ces choses intéressantes, me rétorque-t-il.

-   Hmm ! C'est une promesse ?

-   Non ! C'est une parole.

-   Et c'est vrai que tu n'as qu'une parole.

Il se crispe à nouveau.

-   Les meilleures choses ont besoin de patience, Printsessa.

-   Tu pourrais peut-être me donner un avant-gout, je lui dis, avec malice.

Il me fixe avec insistance.

-   Si tu savais ce que je rêve de te faire, Vic.

-   Dis toujours.

-   Je veux découvrir ton corps, rien qu'avec la langue. Je veux enfoncer ma queue dans cette belle bouche et te voir gémir de plaisir.

-   J'en ai déjà la culotte toute mouillée, je lui réponds, en passant la langue sur mes lèvres.

- Bientôt ! Printsessa.

C'est une promesse.

ৡৡৡ

Nous arrivons à destination après une demi-heure de route.

Les voitures s'arrêtent devant un majestueux bâtiment d'avant-guerre au coin de la Cinquième Avenue et de la 83e Rue.

C'est une résidence à la fois contemporaine et intemporelle.

Nous sommes accueillis par un majordome.

- Bonjour ! Moi, c'est Edward. Soyez les bienvenus. Monsieur Sedov vous attend dans le grand salon, nous dit-il.

- On vous suit alors, lui répond Stan.

Sia me prend la main et nous nous engageons sur un long couloir.

Reliés par une série de portes, les espaces de vie sont sophistiqués avec une vue magnifique sur la Cinquième Avenue. Les hauteurs de plafond sont maximisées. Les planchers de bois ajoutent une touche de douceur et de chaleur.

- Wouah ! C'est grandiose ! Il me faudrait une semaine pour visiter tout ça.
- C'est avec plaisir que je vous ferais une visite plus tard, si vous le souhaitez, nous dit Edward.
- Merci Edward.
- Je vous en prie, Mademoiselle Victoria.
- Vous savez qui je suis ? Je lui demande, étonnée.
- Mademoiselle Stella vous ressemble beaucoup, affirme-t-il, avec un grand sourire.

Sa réponse me donne les larmes aux yeux. J'ai hâte de rencontrer ma petite sœur.

Nous arrivons devant une grande porte entrouverte où des personnes sont en grande conversation.

Ils se lèvent pour nous accueillir.

Je reconnais immédiatement Iouri, qui se dirige d'un pas rapide vers nous. Il est d'une carrure impressionnante. Il dégage l'élégance.

- Ivan ! S'exclame-t-il, en le prenant dans ses bras. Mon frère !
- Iouri ! Lui répond Ivan, en lui tapant dans le dos.

Je suis troublée. La ressemblance est frappante.

- Fils ! L'interpelle mon père.
- Andrei ! Dit Ivan, en se tournant vers lui.

Ils s'enlacent.

- Je te présente Stan et Sia. Mon neveu et sa femme.

- Salut Iouri ! Répondent Stan et Sia, en cœur.

- Et voici Victoria ! Lui dit Ivan.

Il se tourne vers moi et me dévisage avec un regard malicieux. Il a des yeux de couleurs noirs et c'est ce qui le différencie d'Ivan.

- Salut ma future femme ! Dit-il, d'un ton amusé et en déposant un baiser sur ma joue.

- Salut ! Je lui réponds d'une toute petite voix.

Ivan marmonne quelque chose, mais je ne comprends pas.

- Tout est prêt pour la signature, continue Iouri. Mes avocats ont tout préparé.

Les avocats nous saluent et nous nous installons autour de la table.

- Voilà un exemplaire du contrat de mariage. Je te laisse y jeter un œil, me dit Iouri.

Je prends le document et le parcours des yeux.

ოოო

OBJET : CONTRAT DE MARIAGE

Entre les soussignés,

d'une part Iouri SEDOV

et d'autre part Victoria ARKADI

demeurant ensemble au 1016 5th Ave, New York, NY 10028.

Il a été convenu ce qui suit :

Article 1 : Les époux choisissent de se marier sous le régime de la séparation de biens prévu par les articles 3345 à 8776 du Code civil.

Article 2 : Chaque époux conserve la propriété des biens lui appartenant le jour du mariage comme des biens dont il deviendra propriétaire par la suite et les administre librement. Le conjoint qui est seul propriétaire du logement conjugal ne peut toutefois en disposer sans l'accord de l'autre.

Article 3 : Conformément à l'article 122 du Code civil, les époux doivent contribuer aux charges du ménage et à l'éducation des enfants en proportion de leurs moyens. Toutefois, chaque conjoint est individuellement tenu des dettes personnelles et professionnelles contractées, ses créanciers ne peuvent se prévaloir d'un éventuel recours contre l'autre.

Article 4 : Chaque époux est présumé propriétaire des biens meubles/immeubles lui appartenant, notamment des biens utilisés pour son activité professionnelle, son véhicule et ses revenus. Il en est de même pour les sommes déposées sur des comptes bancaires, comptes d'épargne, comptes de titres et contrats d'assurance-vie ouverts à son nom.

Article 5 : Les biens dont l'appartenance à l'un des époux n'est pas justifiée sont réputés appartenir pour moitié à chacun d'eux. En cas de décès, ces biens seront réputés appartenir à chaque époux en proportion de sa contribution au financement de leur achat.

Article 6 : En cas de divorce, il est convenu de l'attribution en pleine propriété des actions dont Iouri SEDOV possède dans des sociétés en Russie en faveur de Victoria ARKADI.

Fait à New York, le 17 septembre 2020

Signature des deux conjoints,
précédée de la mention manuscrite "lu et approuvé"

Iouri SEDOV

Victoria ARKADI

J'ai les mains qui tremblent à la fin de la lecture.

Je relève la tête et cherche Ivan des yeux. Il a la tête baissée. J'espère une réaction de sa part, en sachant pertinemment qu'il ne fera rien.

- Pour moi, tout est bon ! Je finis par dire.

Un des avocats me tend un stylo. J'appose ma signature et Iouri fait de même.

Les avocats récupèrent les documents et s'en vont.

L'agent de la mairie, nous rejoint, peu après, pour célébrer le mariage civil. Il nous demande si un contrat de mariage a été établi avant que nous échangions nos consentements à haute voix. Il nous interroge, l'un après l'autre. La cérémonie se termine par la signature des registres par les mariés, puis les témoins.

Je n'imaginais pas me marier de cette façon.

J'espérais un mariage comme celui de Sia et Stan.

CHAPITRE 11

New York, 21 septembre 2019

Oups, ça sent la gueule de bois tout ça !

Je jure de ne plus jamais toucher à l'alcool.

On a vraiment abusé hier soir.

Faire la fête, boire un coup, rigoler et se lâcher, ça fait toujours du bien. Mais bon, quand on se lâche un peu trop côté alcool, les lendemains sont toujours difficiles.

J'ai une tête de zombie, avec l'impression d'avoir la tête dans un étau et un grand huit dans l'estomac.

J'essaye de me remémorer la fin de soirée, mais c'est flou.

Soirée pop-corn et cinéma.

Ensuite … Stan qui sort Sia, toute nu, de la piscine.

Brie qui braille sur Karl et qui l'insulte de tous les noms.

Ivan qui … Oh ! Mon Dieu ! … m'a offert mon premier un orgasme.

Je me cache sous le coussin. La lumière du jour me dérange.

Il faut que je me lève. Je penserais à tout ça plus tard.

Aujourd'hui, c'est le mariage de Sia et Stan.

Je prends mon courage à deux mains et saute sous la douche. Le jet d'eau me fait un bien fou.

Après un shampoing, je sors et enfile un peignoir.

Je me sèche rapidement les cheveux.

Aie !!! Putain que ça fait mal. J'ai cogné mon pied contre le meuble bas.

On toque à la porte ! Je n'ai pas le temps de répondre que Brie fait irruption dans la chambre.

- Vic ?

- Je suis dans la salle de bain !

Elle ouvre brusquement la porte et se fige.

- Je vois que tu n'as pas une meilleure mine que moi.

Effectivement, elle est autant cernée que moi.

- Si quelqu'un me propose un verre d'alcool aujourd'hui, je le gifle, je lui dis en souriant.

- Je t'ai apporté un anti-douleur, ma belle. Ça va te remettre sur pied.

- Merci beaucoup ! J'en ai bien besoin.

Elle me tend deux cachets avec un verre d'eau.

- Je viens de quitter la chambre de Sia. Vadim s'occupe d'elle, m'informe-t-elle. Après, ça sera à notre tour.

- Comment va-t-elle ?

- Ne m'en parle pas ! Une pile électrique.

- J'ai hâte de la voir dans sa robe de mariée.

- Elle est juste magnifique, Vic. J'en ai eu les larmes aux yeux.

- Je vais prendre ma réserve de mouchoirs, alors.

- Oui ! Tu devrais, me conseille-t-elle.

Je frisonne rien qu'en pensant aux émotions que nous allons vivre aujourd'hui.

Sia a choisi une robe sirène, en crêpe, à manches longues avec une traîne fluide. Le dos est entièrement en dentelle, traversée d'une rangée de boutons.

Elle a un voile classique et des escarpins Jimmy Choo à lanières entrecroisées avec des talons de dix cm.

Ses cheveux sont détachés et le voile est maintenu avec une barrette.

Comme me l'a dit Brie, elle est juste magnifique.

La décoration est grandiose.

Dans l'esprit cosy, on retrouve le beige et le taupe.

Des chapiteaux sont plantés à l'extérieur.

Les tables et les chaises sont classiques.

Les compositions florales, remplies de roses, de pivoines, d'hortensias et de lys, ornent l'espace.

Côté lumière, on a des guirlandes d'éclairage et des lampes suspendues aux arbres, qui donne un effet romantique et une atmosphère feutrée.

On retrouve, sur les tables, des plantes en pot, des compositions de fleurs séchées, des figurines, des bougies et des pétales. Les nappes et les chemins de table sont de couleurs douces. Les vaisselles sont accompagnées de dessous d'assiette.

Je suis aux côtés de Brie, en face de Stan et Ivan. J'évite le regard d'Ivan qui me fixe.

Une musique retentit au moment où la porte s'ouvre. C'est « Young and Beautiful » de Lana Del Rey. Sia fait son entrée au bras de son Papa.

Stan les rejoint au milieu de l'allée.

Il lui prend la main et ils se dirigent vers le prêtre.

Dix minutes plus tard, le prêtre termine la cérémonie religieuse en disant « Je vous déclare mari et femme. Vous pouvez embrasser la mariée ».

Stan pose tendrement ses lèvres sur les siennes.

Il se tourne ensuite vers les invités et clame « Que la fête commence !!! ».

On crie tous en cœur « Vivent les mariés !!! ».

La fête a duré jusqu'à tard dans la nuit.

Le repas était succulent.

La première danse « chaud-bouillant ».

Le gâteau grandiose et le champagne coulaient à flots.

J'ai sauté de joie lorsque j'ai attrapé le bouquet de la mariée.

Brie m'a chuchoté à l'oreille « Ivan te dévore des yeux, blondie ».

- Ne dis pas n'importe quoi, Brie.
- Je ne sais pas ce qui s'est passé entre vous hier soir, mais il va falloir que tu me racontes.
- Mais ! Rien ! Je t'assure.

Elle me donne un coup de coude.

- Fais comme si de rien n'était. Il se dirige vers nous.

Oh ! Merde !

Je n'ai pas le temps d'esquiver qu'il m'attrape par le coude.

- On doit parler, Vic, me chuchote-t-il.
- Plus tard, Ivan.

- Non ! Maintenant !

- Je ne suis pas à ta disposition.

- Viens danser avec moi.

Il me pousse vers la piste de danse.

Ivan place ses mains sur ma taille et je pose les bras autour de son cou. Je frissonne à son contact. On se balance d'avant en arrière tout en nous déplaçant en cercle.

- Je vois que tu t'es remis de ta soirée, Printsessa.

- Je ne me souviens pas de grand-chose mais je me suis réveillée avec une gueule de bois.

- Tu veux que je te rafraîchisse la mémoire ?

- Qui me dit que tu vas me dire la vérité.

- Je ne mens jamais. Tu devrais le savoir.

- Alors je ne veux pas savoir.

- Tu as peur de ce que je vais t'annoncer ?

- Pas du tout !

- Tu es sûre ?

- Oui ! Je suis sûre ! Au pire, je t'ai encore allumé et tu m'as sûrement rejeté. Donc, non ! Je n'ai pas peur de ce que j'ai pu faire sous l'emprise de l'alcool.

Il me fixe d'un regard brûlant.

- C'est bien dommage !

- Pourquoi tu dis ça ?

- Pour rien. Tu as raison, il vaut mieux que tu ne te souviennes pas.

Il m'embrasse sur le front et me dit « A plus tard, mon ange ».

Ouf ! Je l'ai échappé belle.

CHAPITRE 12

Toutes les femmes sont heureuses le jour de leur mariage, mais ce n'est pas mon cas.

- Tes affaires ont été transférées dans ta chambre, m'informe Iouri.

- Je vais m'installer ici ? Je lui demande.

- Je préfère oui ! On ne sait pas comment va réagir Igor à l'annonce de notre mariage.

- Je suis en danger ?

- Tu es en sécurité ici, me rassure-t-il.

Je reste silencieuse.

- Edward va vous faire une visite de la résidence pendant qu'on s'entretient entre hommes. On se retrouve pour le dîner pour faire plus ample connaissance.

- Merci Iouri, je lui dis en me levant.

Il hoche la tête et me fait un clin d'œil.

Ivan grogne à ce geste et Iouri sourit à pleine dent.

On va bien s'entendre pour faire rager Ivan. Je pense avoir trouvé un bon allié, voire un frère.

En une journée me voilà avec un frère et une sœur. Si je pouvais avoir Ivan en plus, ça serait la cerise sur le gâteau.

Je me lève et Sia me suit.

On rejoint Edward, qui nous attend devant la porte.

৯৯৯

Edward nous informe que le personnel se compose d'une gouvernante, d'un chef cuisinier, de deux femmes de ménage et deux agents de sécurité, présents dans la résidence 24h/24h.

Il nous explique que la superficie est de 1000 m2.

La résidence est juste spectaculaire.

Les murs blancs et les tons neutres clairs élargissent l'apparence d'un salon luxueux, déjà énorme avec des fenêtres cintrées.

Au rez-de-chaussée, nous découvrons une fresque murale originale de Keith Haring. De petits meubles d'appoint encadrent l'entrée, avec une chaise moderne d'un côté et une chaise en fourrure de l'autre.

Des colonnes en fonte soutiennent les plafonds hauts de 26 pieds de la grande salle, attirant le regard vers d'élégantes moulures.

L'intérieur est meublé avec des pièces chics qui complètent la nature classique de l'ensemble. Une cheminée complète la peinture murale dans l'entrée.

Le mur de fenêtres fait 24 pieds de haut.

Une chaise longue semble s'incliner à l'unisson avec la conception de l'escalier en acier inoxydable, qui mène à une mezzanine et à une aile de chambres.

Un plan d'étage en forme de L nous amène à une salle à manger et une cuisine cachée.

Les éléments de cuisine sont blancs sous un comptoir blanc brillant.

Sur la mezzanine, il y a une deuxième salle à manger et un salon / salle de télévision. Un tapis rond ajoute une touche de rouge à un bureau à domicile.

La suite principale et la salle de bain attenante sont accolées par un long dressing.

Les chambres d'amis sont décorées d'une touche de corail et de papier peint fantaisiste.

Des tons neutres, plus sombres et chauds, apportent plus de profondeur à l'immense espace de vie. Un canapé capitonné et d'élégantes chaises longues se regroupent autour d'une table basse en verre et d'un ensemble de tables d'appoint encadrées d'or.

Un tapis à motifs s'étend vers la cheminée.

Une table console, à cadre doré, souligne la peinture murale Keith Haring.

Le niveau inférieur de la résidence a une entrée privée. Il dispose également d'une cave à vins climatisée, d'une piscine, d'un sauna, d'un hammam, d'une salle de sport, d'un home cinéma, d'une salle de jeux, d'une buanderie, d'une salle du personnel et d'un immense espace de rangement.

On décide, d'un commun accord, de nous en tenir à ça pour aujourd'hui.

J'ai besoin de me rafraîchir. Edward me laisse à la porte de ma chambre. Sia, quant à elle, rejoint les autres.

ço·ço·ço

Après une douche rapide, je m'allonge sur le lit, en sous-vêtement.

La porte s'ouvre subitement.

Je crie de surprise.

- C'est moi Vic ! M'avertit Ivan, en se faufilant dans la chambre.

- Mais ça ne va pas de faire des choses comme ça, je lui dis, en me relevant vivement.

- Je ne voulais pas te faire peur.

- Qu'est-ce que tu veux ? Je lui demande.

- Habille-toi ! On part !

- Quoi ?

- Je t'expliquerais en route.

Je cours vers le dressing, récupère un jean, un débardeur, un sweat-shirt, une veste et une paire de converses et les enfiles rapidement.

J'attrape des vêtements de rechange, mon téléphone portable, mon portefeuille, et range le tout, dans un sac à dos.

- Ivan ! Où va-t-on ? Je lui demande, d'une voix anxieuse.

- Chez les Sanders, me répond-il. Les autres sont déjà en route.

Il me prend la main et on court vers les escaliers. Au rez-de-chaussée, nous sommes interceptés par Iouri.

- Prenez la porte arrière, une voiture vous attend. Je m'occupe du reste.

Ivan lui fait une accolade.

- Merci mon frère, je te revaudrais ça ! Lui répond Ivan.

Il hoche la tête et se tourne vers moi.

- A très bientôt, Vic. On fera plus ample connaissance la prochaine fois, me dit-il, en m'embrassant sur le front.

Je n'ai pas le temps de lui répondre qu'Ivan me pousse dans le couloir. Il ouvre hâtivement la porte et nous nous dirigeons vers la voiture. Il s'installe à l'arrière et me prend dans ses bras.

- J'ai peur, Ivan !

- Ne t'inquiète pas, mon ange ! Me rassure-t-il en posant ses lèvres sur mon front.

- Qu'est-ce qui se passe ?

- La mère de Boris Rostov est la sœur d'Igor Sedov. Il vient d'apprendre le décès de son neveu, m'annonce-t-il.

- Quoi !

- Nous tenons l'information d'Helena. Elle a surpris une conversation entre Igor et sa sœur. Elle a appelé Andrei pour l'avertir.

Il souffle longuement et continue.

- C'est également lui, qui avait mis un contrat sur la tête de Nicolai Petrov, l'oncle de Stan. Comme tu le sais, Stan s'est retrouvé en prison à cause de ça. Il espérait qu'un conflit éclate entre les Petrov et les Arkadi.

Je suis stupéfaite.

- Il a une haine sans limite pour ton père. Il l'accuse d'être responsable de la destruction de sa famille.

- Ta mère et Stella sont en sécurité ? Je lui demande, inquiète.

- Andrei a fait le nécessaire pour les faire venir chez les Sanders. Elles nous attendent là-bas.

- Et après, on fait quoi ?

- On décolle pour Moscou ce soir. Nous ne pouvons rien faire sur le territoire américain.

- Et Iouri ?

- Il va gérer la situation ici. Il ne voulait rien avoir à faire avec ce milieu, mais il n'a plus trop le choix, maintenant.

Le reste du trajet se fait en silence.

Cette situation est complétement dingue, mais une chose de positive en ressort, je vais rencontrer ma petite sœur.

Nous sommes accueillis par Alexandra et Kevin.

- Tata Vic ! Oncle Ivan ! Crient-ils à l'arrêt de la voiture.

Ils courent vers nous et nous sautent dans les bras.

Je remarque, immédiatement, une petite fille, qui se tient timidement, en haut des marches. Elle est blonde comme moi.

- Tu sais tata, j'ai une nouvelle amie, me dit Alex.
- Mais c'est génial, je lui réponds.
- Elle s'appelle Stella !
- Tu nous la présentes ?
- Viens ! Dit-elle, en me tirant par la main.

On monte les marches et je remarque que Stella a baissé la tête et elle se tord les mains. Elle est nerveuse.

- Regarde Stella ! C'est tata Vic et oncle Ivan ! Je t'ai parlé d'eux, tout à l'heure, lui dit Alex.

Elle relève la tête et me fixe de ses yeux bleus.

- Bonjour ! Dit-elle, timidement.

Je me mets à genoux et lui prends les mains.

- Salut toi ! Moi, c'est Victoria et je suis ta sœur. Et lui, c'est Ivan et c'est ton frère.

Elle se tourne vers Ivan et lui sourit.

- Salut Stella ! Lui dit Ivan, en se mettant à genoux, à son tour.

- Tu veux bien nous faire un bisou ? Je lui demande.

Elle ne se fait pas prier. Elle nous enlace et sanglote.

- Je suis tellement heureuse d'avoir une grande sœur et un autre grand frère, nous dit-elle entre deux sanglots.

- Ne pleure pas, s'il te plaît. Tu vas voir, on va bien s'entendre toutes les deux. On va rattraper le temps perdu. On va faire des choses super cool, entre filles.

- D'accord ! Finit-elle par dire, avec un grand sourire.

- Tu viens, on va rejoindre les autres, à l'intérieur.

Ivan la prend dans ses bras et l'embrasse sur le front.

- Tu es tellement jolie, lui dit-il. Comme ta sœur.

- Et moi, je suis jolie, nous demande Alex.

Ça nous fait pouffer de rire.

- Mais bien sûr ma poupée, je lui réponds, en la prenant dans mes bras.

- Ah ! Les filles ! Se lamente Kevin.

- Je ne te le fais pas redire, mon pote, lui rétorque Ivan, en lui ébouriffant les cheveux.

Nous sommes accueillis par Henry, le majordome, qui nous accompagne jusqu'au salon.

Mon père est assis sur le grand canapé avec une femme à ses côtés. Ils se lèvent pour nous saluer.

Elle est d'une grande beauté. Elle est brune avec des yeux de couleur verts. Elle respire de fraîcheur. Son visage, au teint éclatant, la rend rayonnante.

- Helena ! Je te présente Victoria, lui dit mon père. Victoria ! Voici Helena.

- Je suis ravie de te rencontrer, Victoria, me dit-elle en me faisant la bise.

- Moi, de même, Helena, je lui réponds.

Mon père prend Stella des bras d'Ivan et l'embrasse sur le front.

- Ivan, mon fils ! S'exclame Helena, en le prenant dans ses bras.

- Maman ! Lui répond Ivan, en l'enlaçant.

Helena est très émue. Des larmes incontrôlables coulent sur son visage et ses mains tremblent.

- Tu m'as tellement manqué, mon fils.
- Toi aussi, maman.

Je suis profondément touchée par leurs retrouvailles.

- Je suis tellement heureuse. Je ne pensais pas que ce jour arriverait. Je suis heureuse, très heureuse, lui dit-elle, la voix étouffée par les larmes.

Mon père tousse pour cacher ses émotions.

- Nous avons deux heures devant nous, avant le grand départ, finit-il par me dire.

Il me caresse la joue.

- Ça vous laisse assez de temps pour vous préparer, mon ange.
- Oui papa ! On sera prêt.

Ivan s'installe, avec sa mère, sur le canapé. Je le suis du regard. Ils discutent à voix basse. Après toutes ses années, ils ont sûrement beaucoup de choses à se raconter.

Je l'envie un peu, car ma maman, elle, ne reviendra jamais.

Les hommes se sont retirés dans la bibliothèque pour passer en revue les derniers détails.

Sia me prend les mains et me dis :

- Tout ça nous dépasse un peu, ma belle, mais on doit se serrer les coudes. Je suis sûre qu'ils vont régler le problème rapidement, me dit-elle avec espoir.

- Je n'ai aucun doute là-dessus, Sia. Mais qu'est-ce qui va se passer après. Je suis l'épouse du frère de l'homme que j'aime.

- Ils n'avaient pas le choix, Vic. Dans quelques mois, tu divorceras. C'est aussi simple que ça.

- Tu te souviens dans quel état tu étais, il y a un an ? Tu avais tellement de doute, Sia.

- Et comment ! me dit-elle.

CHAPITRE 13

Stan et furieux.

- Stanislas Petrov ! Arrête de t'énerver pour rien.

Il pose brusquement son verre sur la table basse, et ça me fait sursauter.

- Mais ! Ça ne va pas ! Tu m'as fait peur.
- Tu te rends compte de ce que tu as fait, au moins ?
- Oui ! Et j'en suis très fière.

Il souffle longuement.

- Vic ! Tu as plongé Sia, dans un monde que toi-même, tu ne veux pas.

- Détrompe-toi ! Si l'homme que j'aime était à moi, je serais heureuse n'importe où avec lui.

- Tu sais très bien que les hommes comme nous ne connaissent rien à l'amour, que les hommes comme nous protègent.

- N'importe quoi ! Vous faites bien la paire, avec ton pote Ivan. Deux idiots !

Il sourit à mon insulte.

- Il t'a dit ça, lui aussi ?

- Pire ! Il n'a rien dit justement. En fait, tu es un « idiot », et lui, un « crétin fini ».

On est interrompu lorsqu'on toque à la porte.

- Stan ?

- Oui, entre Mhysa.

Elle entre et se fige lorsque je me retourne.

Elle est encore plus belle en vrai qu'en photo.

Je prends l'initiative et me lève pour la rejoindre.

- Bonjour Sia ! Je suis tellement heureuse de te rencontrer.

Je lui prends les mains et lui fait la bise.

- Victoria ! Dit-elle.

Je me tourne vers Stan et lui rétorque :

- Tu vois ! Elle sait qui je suis !

- Elle a vu l'article Vic, me répond Stan, d'un ton exaspéré.

- Pfff ! De toute façon, tu as toujours quelque chose à dire.

Je me retourne vers Sia.

- En réalité, il est agacé que je sois venue sans le prévenir. Comme si j'avais besoin d'invitation.

Je la prends par le coude et la pousse vers la porte.

- Viens ! On va discuter ailleurs. Il faut qu'on fasse connaissance si on veut devenir les meilleures amies du monde.

Sia se fige à nouveau.

- Tu as dit 'amie' ? Me demande-t-elle.
- Oui ! Pourquoi ? Tu ne voudrais pas devenir mon amie ?
- Non, ce n'est pas ça ! C'est juste que ma venue ici n'est pas un hasard, tu sais.
- Ah bon ?
- Le jour de mon anniversaire, j'ai reçu une enveloppe avec une carte et des articles de journaux.
- Que disait cette carte ?
- Elle disait « REGARDEZ BIEN LES PHOTOS. UNE AMIE ».

Je lui lance un regard innocent.

- C'était toi ?

Je lui fais un clin d'œil.

- Pourquoi tu as fait ça ?
- Viens ! On va en parler ailleurs, je lui dis.
- Non ! Sûrement pas, nous interrompt Stan. Vous restez ici. Je veux assister à la conversation. Je ne veux pas que tu lui racontes n'importe quoi sur moi.
- C'est toi qui vas arrêter de dire n'importe quoi, je lui rétorque.

Sia éclate de rire devant nos chamailleries.

- Tu vois ! A cause de toi, elle se moque de nous, je lui dis, en fronçant les sourcils.
- Oui, bien sûr ! C'est toujours de ma faute de toute façon, me répond Stan.

- Et en plus, c'est une discussion entre filles. On doit organiser « l'enterrement de vie de jeune fille ».

- Ça ne va pas non ! S'exclame Stan.

- Et pourquoi pas ?

- Parce qu'on a déjà une fille.

- Et alors ?

- Mais on est parent, voyons.

- Franchement Stan, tu me déçois.

- Je m'en fiche Vic ! Ma future femme, la mère de ma fille, n'ira pas faire n'importe quoi, à l'extérieur. C'est trop dangereux.

- On prendra des gardes avec nous.

- Non ! Vic. Je te l'ai expliqué tout à l'heure. Cet enfoiré a été vu en ville. A partir du moment où on n'a pas mis la main sur lui, vous restez ici.

- Et c'est qui « L'enfoiré » ? Demande Sia.

On se retourne d'un bloc vers elle.

- Boris Rostov ! Lui dit-on, en cœur.

Un long silence s'installe.

- On pourrait faire ça ici, Vic. Qu'est-ce que tu en penses ? Me questionne Sia. En plus, Brie sera là demain.

- Génial !!! Il ne manquait plus qu'elle, dit Stan.

Sia, lui lance un regard venimeux.

- Tu lui veux quoi à mon amie ? Lui demande-t-elle.

- Oh ! Et puis merde ! Faites ce que vous voulez, dit-il en secouant la tête.

Il se lève du canapé et va s'installer à son bureau.

- Déguerpissez ! Je dois travailler !

On ne se le fait pas dire deux fois.

Il nous stop dans notre élan en lançant :

- Mais que les choses soient claires, mesdemoiselles, interdiction de sortir. Et toi Vic, je te conseille de ne pas faire trop boire ma future femme. Je voudrais qu'elle soit en pleine forme pour notre nuit de noces.

- Tu n'es qu'un obsédé Stan !

- Et tu es bien placée pour le savoir puisque tu l'as fait venir jusqu'ici.

Je ne me donne même pas la peine de lui répondre.

Je la prends par la main et on s'en va.

౨౦౨౦౨౦

On est confortablement assises dans le jardin et on sirote nos limonades.

Je me tourne vers elle et lui prend la main.

-    Je sais que tu te poses beaucoup de questions Sia, mais saches que si j'ai fait ça, c'était pour votre bien.

Je prends une gorgée de ma limonade et continue.

-    Je lui devais bien ça !

Je baisse la tête, plongée dans mes souvenirs.

Je relève la tête et la regarde droit dans les yeux.

-    La liste serait longue, Sia, mais si j'avais été plus vigilante, si je n'avais pas faussé compagnie au garde du corps … Et si, et si, et si … Mais avec des « si » on n'avance pas, n'est-ce pas, mais ce qui est sûr, c'est que je ne me serais jamais fait enlever.

Je m'arrête et soupire longuement.

-    Sia, tout est de ma faute.

-    Mais pourquoi tu dis ça ? Me dit-elle.

-    Le lendemain de votre nuit, quand tu es partie sans un mot, Ivan l'a appelé pour lui annoncer qu'il m'avait retrouvé.

Je ferme les yeux pour cacher mes larmes.

-    Le soir même, ils m'ont libéré.

J'inspire profondément.

-    J'ai été séquestré et violenté Sia. Il m'arrive encore de me réveiller la nuit après un cauchemar, en sueur. Je sens parfois la douleur engendrée par les gifles, les coups de poing et les coups de pied.

Je secoue la tête.

-    J'ai toujours pensé que ma virginité était plus un désagrément qu'autre chose, mais je n'aurais jamais pensé que ça me prémunirait d'un viol.

- C'est bon ! Vic. Tu n'as pas besoin de m'en raconter plus si c'est trop douloureux pour toi. Une autre fois, si tu veux.

- Non ! Laisse-moi terminer. Stan ne voulait qu'une chose … C'est venir te chercher. Mais j'étais en si mauvais état qu'il ne pouvait pas me laisser. Ma guérison a duré plus longtemps que prévu et la suite, tu la connais, il s'est retrouvé en prison.

Je me rapproche plus près et lui dit :

- Sia ! Je ne l'ai jamais vu avec une femme, je ne lui connais aucune aventure. Je me suis même demandé s'il n'était pas homo. Quand je lui en ai parlé, il a éclaté de rire et m'a dit de sa grosse voix rauque « Tu es complètement à côté de la plaque, Vic ».

Je regarde sur ma droite et sur ma gauche et lui chuchote à l'oreille :

- Pour lui, ça sera toi sinon rien.

Elle sursaute à mes derniers mots.

- Tu te trompes Vic.

- Pas du tout « Mhysa ».

- Tu connais le surnom qu'il me donne ?

- Tu penses bien que ce n'est pas lui qui me l'a dit, secret comme il est.

- Et comment tu l'as appris ?

- Disons que j'ai peut-être été indiscrète, en écoutant aux portes par exemple.

Ça l'a fait sourire.

- J'ai surpris une conversation entre lui et Ivan. En fait, tu l'as rencontré ?

- Ivan ?

- Oui !

- Pas encore.

- Eh bien accroches toi.

- Pourquoi ? Il est hideux ?

- Au contraire ! Je lui dis, en rougissant.

- Ah ! Il est canon alors ?

- C'est un bien petit mot.

- Tu n'aurais pas un faible pour ce jeune homme ?

- Tu parles, c'est à peine s'il m'adresse la parole, je lui dis, en fonçant les sourcils. Bon revenons-en à nos moutons.

- Tu parlais de la conversation.

Elle attend la suite avec curiosité.

- Oui, et Stan disait, mot pour mot « Je ne peux pas lui faire ça Ivan. Mhysa est trop pure pour ce milieu. Elle ne pourra pas faire parmi nous », et Ivan lui a répondu « Ça, tu n'en sais rien mon frère. Mais si ce n'est pas elle, il faut que tu penses sérieusement à ta descendance », et Stan a dit « Ça sera elle sinon rien ».

- Il parlait de moi !!! S'écrit-elle.

- Pourquoi ? Tu connais une autre Mhysa, autour de lui ?

Elle reste silencieuse.

- Sia ! Ivan me l'a confirmé.

- Ivan te l'a dit ?

- Disons que je lui ai un peu forcé la main et peut-être un peu menacé.

Quelle manipulatrice je fais.

- Je lui ai dit que s'il ne me disait pas qui était « Mhysa », j'irai voir Stan et lui dirait qu'il avait eu un comportement déplacé vis-à-vis de moi.

J'éclate de dire.

- Tu aurais vu sa tête Sia ! Il est devenu blanc, et comme il n'avait pas le choix, il m'a tout raconté.

Elle se lève brusquement et me demande :

- Mais alors ! Explique-moi, pourquoi il n'a jamais rien su, pour Alexandra ?

- Alors ça ! c'est un grand malentendu. Stan m'a dit qu'il suivait Brian sur les réseaux sociaux et qu'il avait vu une photo de lui et Lisa avec un bébé avec le commentaire « Lexi notre rayon de soleil ». Il a supposé que ce fût leur bébé.

Sia est stupéfaite. Elle ne trouve plus rien à dire.

On est interrompu par les cris d'Alexandra.

- Mamou !!!! Tonton Kevin il m'a tié les cheveux !!! Dit-elle en courant vers nous.

Je me retourne au son de sa voix et je m'écris « C'est dingue sa ressemblance avec Sofia Petrov ».

Sia prend Alexandra sur ses genoux.

- Qu'est-ce qui s'est passé mon ange ? Lui demande-t-elle.

- J'ai ien fait moi !

- Tu es sûre ?

- Hum hum ! Lui dit-elle, en hochant la tête.

- Je vais parler à ton tonton mon ange, mais d'abord laisse-moi te présenter une personne. C'est tata Vic, lui dit-elle.

- Bonjou tata Vic ! Me salut Alex, en se tournant.

- Bonjour mon cœur, je lui réponds.

- Oh là là ! Tu essembles à mamou. Tu es jolie comme elle.

- Merci pour le compliment mon cœur, toi aussi tu es très jolie

- Oui, je sais ! Dit-elle fièrement. Elle me le dit tous les jou.

- Et tu as une très jolie voix également.

- Meci ! Mais pouquoi tonton Kevin dit que je jacasse ?

Je dois lui donner une réponse intelligente.

-	Parce qu'il est jaloux, je pense. Tous les garçons sont jaloux des filles, je lui dis.

Sia me regarde avec de gros yeux. Ce n'était peut-être pas la bonne réponse.

-	Bon d'accord ! Peut-être pas tous ! Je me corrige. Viens par-là, que je te fasse un bisou.

Alex me saute dans les bras.

-	Elles sont jolies tes chaussues.
-	Quand tu seras grande, on fera du shopping ensemble, et je t'achèterais les mêmes.
-	Ouiiiiii !!! Dit Alex en me faisant un gros bisou baveux. Meci tata Vic.

La porte de la maison s'ouvre avec fracas et Stan nous rejoint à grandes enjambées.

Il a un regard de tueur. Son regard change au moment où il pose les yeux sur Alexandra. Il se remplit de tendresse.

- Tu peux rejoindre grand-mère en cuisine ma princesse ? Elles ont fait un gâteau au chocolat avec Marya. Je dois parler à ta maman et tante Vic.

- D'accod papa !

Et elle court vers la cuisine.

- Mhysa ! Je suis désolé, mais on doit reporter notre dîner de ce soir à une autrefois. Un imprévu de dernière minute que je dois régler avec Ivan. Je pars tout de suite. Je ne serais pas là avant samedi matin.

- Le jour de notre mariage ? Lui demande-t-elle.

- Ne t'inquiète pas, je ne raterais pour rien au monde notre mariage, lui répond-il.

- Qu'est-ce qui se passe ?

- Boris Rostov !!! On a trouvé sa planque.

- Ça sera dangereux ? Lui demande Sia,
inquiète.

- Dangereux ou pas, je dois régler ce
problème. C'est une menace pour notre famille.

On n'ose plus rien dire.

- A samedi, dit-il, et s'en va.

Sia voit tout de suite que l'expression de mon
visage a changé.

- Ça va aller ma belle. Ne t'inquiète pas,
me dit-elle. Ils vont le trouver et régler ça.

- J'espère du fond du cœur Sia. Si tu
savais le monstre que c'est, je lui réponds,
d'une voix angoissée.

Elle claque des mains et dit « Et si on passait à
mon enterrement de vie de jeune fille ? ».

CHAPITRE 14

New York, 17 septembre 2020

Sia est émue.

- Tout ça, c'est grâce à toi, Vic.

- Disons, que j'y ai un peu participé. Vous étiez fait l'un pour l'autre. Un jour ou l'autre, vous vous seriez retrouvé. Je n'ai fait qu'accélérer les choses.

- Honnêtement, je ne sais même pas si je pourrai trouver des mots capables d'exprimer ma gratitude. Je ne sais pas vraiment quoi dire qui soit à la mesure de ma reconnaissance. Mais je te remercie.

- Tu aurais fait la même chose pour moi, j'en suis sûre.

-   Sans hésiter !

Sia me prend les mains et me dit :

-   Merci d'être mon amie ! Je veux que tu saches que tu es la seule personne que j'autoriserais à me raser les jambes, et plus encore, si j'étais dans le coma ! Tu es une véritable chanceuse !

-   Quel honneur, tu me fais !

On pouffe de rire.

-   Je veux que tu saches, que je serais toujours là pour toi, ma belle.

-   Je le sais ! Merci à toi, aussi, d'être mon amie.

On est interrompu par Alexandra, qui nous rejoint, en larmes.

-   Maman ! Kevin ne veut pas jouer avec moi.

Sia la prend dans ses bras pour la calmer.

- Chut ! Calme-toi ! Lui dit-elle, en l'embrassant tendrement.

- Il m'a dit qu'il ne voulait plus de ces jeux de gamines, dit-elle, entre deux sanglots.

- Et tu voulais jouer à quoi ? Lui demande Sia.

- A la poupée, bien sûr !

- Tu pourrais jouer avec Stella ! Je suis sûre qu'elle accepterait.

- Tu crois ?

- Toutes les petites filles aiment jouer à la poupée, mon bébé.

- D'accord ! Je vais lui demander.

Elle se dégage des bras de sa maman et court à l'intérieur de la maison.

Quelle chipie ! Elle est trop mignonne.

Sia détourne son regard de sa fille et me dévisage avec curiosité.

Elle veut me demander quelque chose.

- En revanche, tu ne m'as jamais raconté ce qui s'était passé la veille de mon mariage. Je n'en ai aucun souvenir.

- Ha ! Ha ! Tu voudrais bien savoir ! Je suis étonnée que Brie ne t'ai rien dit.

- A chaque fois que j'ai ouvert le sujet, elle a détourné la conversation.

- Je comprends pourquoi.

- Quelle peste ! Qu'est-ce qu'elle a fait ? Me demande-t-elle.

- Disons que Karl s'est invité à notre soirée.

Elle est étonnée par ma réponse.

- Et moi ! Comment je me suis retrouvée dans ma chambre et à poil de surcroît ?

-   Disons que Stan s'est également invité à notre soirée.

Je ne peux m'empêcher de sourire au souvenir de cette soirée. Qu'est-ce qu'on s'est éclaté.

CHAPITRE 15

Moscou, 20 septembre 2019

La pièce est calme, chauffée et confortable. Une lumière tamisée, quelques bougies et une musique douce créent une ambiance propice à la relaxation.

Je suis installée sur une table spécialement conçue. Je suis en sous-vêtements et une serviette protège mon intimité.

La masseuse me demande de m'installer sur le ventre. Elle commence la séance en travaillant le crâne, le dos, les bras, les jambes ainsi que les pieds. Elle termine en appliquant des huiles essentielles.

Deux autres masseuses s'occupent de Sia et Brie. Je relève la tête pour les observer.

Elles sont aux anges.

La séance d'épilation a été une torture pour nous trois.

On a bien mérité cette séance de relaxation.

Après notre massage, elles nous laissent nous détendre encore quelques minutes, avant d'essuyer le surplus d'huile.

On enfile nos peignoirs et nous installons au bord de la piscine.

- Ce soir ! C'est soirée pop-corn et cinéma, les filles, je leur annonce.

Elles se tournent vers moi et attendent que je poursuive.

- Bon ! Le film que j'ai choisi, c'est
« N'oublie jamais ». On va terminer la soirée
avec Ryan Gosling.

- Ce n'est pas moi qui vais dire non,
répond Sia.

- Et moi, je n'ai pas trop le choix, je crois,
se lamente Brie.

ৡ৹ৡ৹ৡ৹

Je ne sais pas combien de bouteilles nous
avons descendu après le film, mais c'est clair
qu'on a trop bu et fait des trucs un peu idiots.

J'ai envoyé des textos à Ivan. Et pas qu'un seul
! Au départ, j'ai commencé par un simple « Tu
me manques, tu sais… », comme il ne
répondait pas alors je me suis mis à l'insulter :
« Espèce de connard, je me demande pourquoi

j'ai perdu autant de temps avec toi ! ». Autant dire que ce n'est pas comme ça que je vais le faire craquer !

On a dansé comme des tarées. On a essayé de nouvelles danses en criant « Hey ! Regardez ! Je fais la danse du bonhomme de neige ! ».

On n'a pas arrêté de répéter « Je ne suis pas bourrée, hein ! ».

Du grand « n'importe quoi ».

ఞఞఞ

Stan, Ivan et Karl arrivent, un peu après minuit.

On est dans la piscine et nous lançons des défis plus débiles les uns que les autres, comme « On parie que j'arrive à faire le poirier ? ».

- Mais c'est quoi ce bordel ! Hurle Stan.

- Stanislas Petrov, ce n'est pas une façon de parler à ta future femme, la réprimande Sia.

- Sortez de cette piscine, immédiatement ! Nous ordonne-t-il.

- Il va falloir venir nous chercher, lui dit-elle, en le provoquant.

Je le vois enlever sa veste. Il plonge et nage jusqu'à Sia.

Ha ! Là ! Là ! Ça va barder !

- Ce n'est pas vrai ! Mais tu es toute nue ! Dit-il d'une voix choquée.

- Oui ! Les filles m'ont lancé un défi et je l'ai réussi haut la main, lui répond-elle fièrement.

- Ivan ! Passe-moi un peignoir ! Dit-il.

Il nage jusqu'au bord de la piscine, avec Sia dans ses bras, et récupère le peignoir qu'Ivan lui tend.

La dernière chose que j'entends, alors qu'ils s'éloignent dans le couloir, c'est « Tu veux bien me montrer comment faire une fellation ? Est-ce que tu m'aimes, Stan ? Tu sais que je suis dingue de toi ? Tu ne veux pas me faire un autre bébé ? ». Je ne sais pas comment leur soirée va se terminer, mais je dis un grand « bravo » à Stan s'il arrive à lui résister.

Brie, de son côté, braille contre Karl.

- Je vais te raccompagner dans ta chambre, lui dit-il, en lui enfilant un peignoir.

Il la prend dans ses bras alors que Brie se débat. Elle n'a pas la langue dans sa poche. Elle lui balance ses quatre vérités.

- Je te déteste !

- …

- Tu es chiant !

- …

- Je comprends pourquoi tu es toujours célibataire !

- …

Je suis morte de rire.

Eh oui, l'alcool nous a fait dire et faire n'importe quoi.

- Sors de la piscine, Printsessa ! Me demande gentiment Ivan.

Je suis surprise quand il m'interpelle. Je l'avais oublié, celui-là.

- Pourquoi ? Je suis bien ici ! Je lui réponds, en continuant à nager.

- Tu vas attraper froid !

- Oh ! C'est mignon ! Il s'inquiète pour moi !

- Tu sors ou je viens te chercher ! Me menace-t-'il.

- Va te faire foutre, Ivan Sidorov. Je n'ai pas d'ordre à recevoir de toi, je lui rétorque tout en continuant à nager.

SPLASH !!!

Merde ! Il a plongé !

J'essaye de nager plus vite, mais mes gestes sont désordonnés.

Il m'attrape par les hanches et me retourne. Je m'appuie contre son torse pour garder l'équilibre. Il nage jusqu'au bord de la piscine. Il sort d'un mouvement souple et me tend la main. Après m'avoir enfilé un peignoir, il me prend dans ses bras et me raccompagne jusqu'à ma chambre.

Il me dépose sur le lit et me frôle les lèvres du pouce. Il prend une profonde inspiration. Je l'attrape et écrase ma bouche sur la sienne.

Ses doigts se posent sur ma gorge et je me cambre contre lui en gémissant.

- Vic, on ne peut pas faire ça, dit-il en replaçant mes cheveux en place.

- Pourquoi ? Tu me plais et je pense que je te plais aussi, n'est-ce pas ?

Il me sourit avec tendresse.

- Tu as la langue bien pendue, quand tu es bourrée.

- Ma langue peut te faire d'autres choses si tu veux, je lui dis, en posant ma main sur son entrejambe.

Il tressaute de surprise.

- Arrête ça ! Tout de suite !

- Hmmm ! J'adore quand tu me parles comme ça, Ivan Sidorov, je murmure en lui léchant la mâchoire.

Je le caresse de bas en haut. Je le sens frémir.

-   Tu n'as pas les idées claires. Tu as trop bu.

-   En s'en fout.

-   Toi peut-être, mais moi « Non !

-   Tu sais que je n'ai jamais fait l'amour ?

-   …

-   Je n'ai jamais eu d'orgasme aussi.

Il souffle dans sa barbe.

-   Je veux que tu sois le premier. Je veux connaître le plaisir avec toi, je lui dis.

Je le repousse légèrement pour pouvoir enlever mon peignoir.

Je sens qu'il retient sa respiration.

Je me rallonge et écarte légèrement les jambes et Ivan réagit comme s'il avait reçu une décharge électrique. Il a le regard fixé sur mon entre-jambe. Il se raidit.

J'ai envie d'éclater de rire. J'écarte davantage les cuisses, lui révélant mes replis.

- Tu veux me faire craquer ?
- Oui, je lui réponds.

Son front se perle de sueur.

Il pose sa main sur ma poitrine et la fait glisser jusqu'à mon intimité. Ses doigts descendent plus bas et s'insinuent dans mon sexe.

- Regarde-moi, me dit-il.

Il glisse le doigt un peu plus loin en moi. Ma respiration s'accélère. Il commence à faire aller et venir son doigt. J'entrouvre les lèvres.

- Tu es belle et douce de partout, chuchote-t-il en reprenant ses caresses.

Il frôle mon clitoris et les muscles de mon ventre se contractent.

L'orgasme déferle en moi comme un ouragan.

Il retire ses doigts et les lèches.

Je suis choquée.

- On se voit demain, Printsessa, dit-il en me faisant un clin d'œil.

- Non ! Ne pars pas ! Je n'en ai pas terminé avec toi.

- C'est moi qui n'en ai pas terminé avec toi, Printessa ! Mais tu es bourrée, et la première fois qu'on fera l'amour, je veux que tu aies les idées claires et que tu t'en souviennes.

Et il s'en va en refermant la porte derrière lui.

CHAPITRE 16

New York, 17 septembre 2020

Ivan pense que je n'ai aucun souvenir de cette soirée. Le lendemain, j'ai fait comme si de rien n'était.

Sia n'en revient pas de ce que je viens de lui raconter.

- J'ai vraiment fait ça ? Me demande-t-elle.
- Et comment que tu l'as fait, je lui réponds. Tu nous as bien fait rire, d'ailleurs.

On rigole à chaudes larmes. Ça fait du bien, après cette journée à rebondissements.

Nous sommes interrompues par l'arrivée des hommes.

- Nous partons dans vingt minutes, nous annonce mon père.

- Déjà ! Dis-je, surprise.

- Iouri nous a demandé de partir le plus vite possible. Igor a découvert que Helena avait abandonné le domicile. On doit quitter les Etats-Unis le plus rapidement possible.

- D'accord, papa !

๛๛๛

La séparation est douloureuse avec Sia, mais elle me promet de venir nous voir pour les fêtes de fin d'année.

Le trajet jusqu'à l'aérodrome se déroule sans encombre.

On est tous sur les nerfs, jusqu'au décollage du jet.

J'ai l'impression d'avoir retenu ma respiration.

Je souffle de soulagement.

Stella a tenu ma main pendant tout ce temps.
C'est la première fois qu'elle prend l'avion.

- Ça va aller maintenant, ma puce, je lui dis
pour la rassurer.

- On arrive dans combien de temps ? Me
demande-t-elle.

- Tu peux dormir. Je te réveillerais à notre
arrivée.

Je passe son siège en position couchée et la
recouvre d'un plaid.

- Merci ! Dit-elle, en fermant les yeux.

Je lui caresse les cheveux pour la rassurer.

Je sens qu'on m'observe. Je relève la tête et
vois Helena qui me fixe, les larmes aux yeux.
Son regard me dit « Je suis touché au-delà des
mots ».

Je mets mes écouteurs et lance ma playlist.

Au bout de deux heures de vol, je me lève pour me dégourdir les jambes.

Mon père et Helena ne sont plus à leur place. Ils se sont sûrement retirés dans la chambre pour avoir plus d'intimités.

J'ai une envie pressante. Je me lève et me dirige vers les toilettes pour me soulager.

En sortant, je suis interceptée par Ivan, qui sort du cockpit.

- Il faut qu'on discute, murmure-t-il.
- A quel sujet ?

Il me prend par le coude et m'emmène au fond du jet. Il me fait asseoir et s'installe à mes côtés.

- Les prochains mois vont être difficiles, Printsessa.

- Tu ne m'apprends rien de nouveau, là.

- Votre sécurité sera renforcée.

- Je me doute.

- Il faudra bien suivre les consignes.

Je souffle de dépit.

- Tu as peur que je n'en fasse qu'à ma tête, c'est ça ?

- C'est effectivement ça !

- Ne me prends pas pour une gamine, Ivan. Si vous m'aviez informé des tenants et des aboutissants, les choses auraient été différentes.

- Tu me reproches ce qui t'est arrivé, Vic ?

- Exactement ! Tout ce que j'ai subi, c'est de ta faute.

Sa mâchoire se crispe et je le vois serrer les poings.

- Maintenant, laisse-moi passer.

Il se lève pour libérer le passage.

- Je suis désolé, Vic. Je ne voulais pas que les choses se passent comme ça.

- C'est peut-être un peu tard pour être désolé, Ivan Sidorov.

Il m'attrape par le coude et me tire vers lui.

- Je n'essaye pas de me justifier, Vic.

Il me dévisage avec ardeur.

- Tu sais que c'est difficile pour moi de dévoiler mes sentiments. Je veux que tu saches que tu es constamment dans mes pensées. Tu comptes beaucoup pour moi.

- Je mérite mieux que ça, Ivan.

Je le repousse et je m'en vais.

Je suis fière de moi. Pour une fois, c'est moi qui l'ai laissé en plan. J'ai eu le dernier mot.

CHAPITRE 17

Notre maison est sur deux étages. Dans un style moderne, elle est située sur une superficie d'environ 85 hectares, dans une belle forêt de conifères au bord d'un petit lac. Elle est proche de la rivière Moscou et du parc avec des étangs en cascade.

Au rez-de-chaussée, nous avons un hall, un dressing, un bureau, une cuisine, une salle à manger avec accès à la terrasse, un salon, un espace SPA avec sauna, jacuzzi, hammam, ainsi qu'une chambre du personnel. Au deuxième étage, un salon spacieux avec balcon, une suite parentale avec salles de bains et quatre chambres d'amis.

Une salle de billard, un home cinéma, une chaufferie et une cave à vins se trouve au sous-sol.

Un garage pour quatre voitures, une chaufferie ainsi qu'un appartement de trois pièces pour le personnel se trouve à l'extérieur.

On peut apercevoir un étang avec un aménagement paysager exquis.

Ivan habite dans la maison d'amis qui se trouve de l'autre côté de l'étang. On peut y accéder par un petit pont. Elle est de plain-pied, avec un hall d'entrée, un vestiaire, une cuisine, un salon avec une cheminée, deux chambres à coucher et une salle de sport.

Je ne l'ai pas revu depuis notre retour.

Je veux faire du shopping avec Stella demain et j'ai besoin de lui parler pour organiser ça.

Je suis devant sa porte. Il m'ouvre la porte aux troisièmes coups. Il est torse-nu avec une serviette autour de la taille. Il est évident qu'il sort de la douche, car il a encore les cheveux mouillés.

Il est magnifique. J'en fais tomber mon téléphone.

Je le ramasse hâtivement, les mains tremblantes.

- Vic ! s'étonne-t-il.
- Bonsoir Ivan. On pourrait parler ?
- Bien sûr ! Laisse-moi juste cinq minutes pour m'habiller, me dit-il, amusé. Rentre et mets-toi à l'aise. J'arrive tout de suite.

Je souffle dès qu'il disparaît dans le couloir.

Je rentre et inspecte sans espace de vie. Tout est très ordonné. Je ne suis pas du tout étonnée.

Je suis assise sur le canapé quand il revient. Il a enfilé un bas de jogging avec un tee-shirt près du corps.

- Alors ! De quoi tu voulais me parler ?

- On voulait faire une sortie shopping, entre filles, avec Stella. Tu penses que ça serait possible ?

- Bien sûr ! A partir du moment ou un garde vous accompagne.

- Je me doutais. Ça ne me pose pas de problème.

- Alors, la question est réglée, dit-il. Tu veux boire quelque chose ?

- Un verre d'eau, s'il te-plaît.

Je me creuse les méninges pour trouver autre chose à dire.

- Comment ça se passe avec Stella ? Me demande-t-il.

- Très bien ! Elle est adorable. Elle essaye de prendre ses repères.

- N'hésite pas, si tu as besoin de moi. C'est vrai que je suis très occupé, mais je libérerai du temps pour elle s'il le faut.

Il me tend le verre d'eau et s'installe près de moi, sur le canapé.

Je bois d'une traite et dépose le verre sur la table basse.

- Tu m'as manqué, Printsessa.

Mon cerveau a cessé de fonctionner. Je ne trouve rien à lui dire.

Je n'ai pas besoin de répondre, parce qu'Ivan m'attire dans ses bras et s'incline pour m'embrasser. J'en ai le souffle coupé. Je caresse sa langue de la mienne et il gémit

contre mes lèvres en resserrant son étreinte.
C'est brûlant, explosif. Je noue mes bras autour
de son cou tandis qu'il pose l'une de ses mains
aux creux de mes reins pour me plaquer contre
lui. Il est dur de partout, mais surtout à cet
endroit. Je sens son érection.

Je suis excitée. Une chaleur traverse mon
corps. Je la sens jusque dans mon entrejambe.
Je suis en feu. J'avance mon bassin et sens
Ivan frémir.

-   J'ai envie de toi, mon ange.

Il me prend dans ses bras et on se retrouve
dans sa chambre.

Il me repose doucement sur le lit et tend la main
pour défaire mes cheveux.

-   Si tu veux que j'arrête, dis-le-moi tout de
suite, Vic.

-   Je te veux !

Il saisit le bas de ma robe et la fait passer par-dessus ma tête. Il me contemple, le regard brûlant.

- Tu es magnifique !

Il dégrafe mon soutien-gorge et le balance, je ne sais où dans la chambre. Il fait glisser ma culotte jusqu'aux chevilles. Il se penche et m'embrasse la poitrine, puis la lèche. Il passe le bras autour de ma taille et aspire la pointe d'un sein et la suce vigoureusement.

Il se relève et se déshabille. La seconde d'après, il est entre mes jambes.

Il glisse la main entre mes cuisses et caresse les replis de mon sexe. Il positionne son sexe et commence à entrer en moi. Il est très gros. Je comprends que cela risque d'être douloureux. J'ai une sensation de brûlure tandis que mon intimité s'étire. Ivan pousse un peu plus fort. En appui sur les mains, le torse légèrement soulevé, il me dévisage. J'enroule mes jambes autour des siennes.

- Ivan ! Ça fait mal !
- Dans cinq minutes, tu ne sentiras plus rien, mon ange, me rassure-t-il.

J'esquisse un sourire.

Il prend mon visage entre ses mains et me regarde intensément. Le corps tendu comme un arc, il frissonne. Il donne un coup de reins et inspire bruyamment quand il atteint mon hymen. Je sens la membrane se rompre. Il enfouit son visage dans mon cou alors que je ferme les yeux. Il entame une série de poussées et son sexe tressaute en moi alors que le plaisir me submerge. Il agrippe mes hanches et me pénètre plus profondément. Il serre les dents pour ne pas crier. Il jouit alors que ses va-et-vient continuent. On râle et gémit sous la puissance de l'orgasme. Nos corps sont parcourus de tressaillements.

Il tourne la tête pour m'effleurer la joue de ses lèvres et se retire.

- Il faut te nettoyer, Printsessa, murmure-t-il.

Il se lève et va récupérer un gant de toilette dans la salle de bains.

Oh ! là, là ! Son sexe est toujours dressé. Il est vraiment très imposant.

J'en profite pour l'observer. Il a des épaules d'une largeur impressionnante, des biceps parcourus de veines saillantes et une toison légèrement plus foncée que ses cheveux. J'ai envie d'explorer son corps, de le caresser, de sentir ses muscles sous mes paumes. D'enfouir le nez dans son cou et de le goûter.

Je sens mon vagin palpiter, malgré la douleur.

- Ça va ? Je lui demande.

- Ce serait plutôt à moi de te le demander, me répond-il, en écartant mes jambes et en passant le gant humide entre mes cuisses.

- Je ne crois pas que je vais pouvoir remettre ça, tout de suite.

- Je me doute, dit-il en continuant à me nettoyer.

- Laisse ce gant et viens t'allonger à côté de moi.

Il dépose le gant sur le chevet. Il récupère son bas de jogging et l'enfile.

- Il faut y aller. Ils vont tous te chercher, dit-il

- Quoi ! Tu me chasses ?

- Non ! Je te demande de rejoindre ta famille. Il ne faut pas qu'il se doute de quelque chose. Ce qui s'est passé, ici, doit rester entre nous.

Je me relève sur les coudes.

- Je suis ton vilain secret, c'est ça ?

- Vilain, non ! Secret, oui !

- Ivan ! Ne fais pas ça !

- Tu es la femme de Iouri, jusqu'à nouvel ordre.

Il détourne le regard et continue.

- D'ailleurs, il sera là dans un mois.

Je comprends mieux maintenant.

- Tu as marqué ton territoire ! Espèce d'enfoiré !

- C'est une façon de voir les choses, Printsessa. Tu es à moi, et personne ne te touchera.

Je me rhabille rapidement. Je suis en larmes.

- C'est ça le problème avec toi, et que tu n'as pas compris. J'ai toujours été à toi.

Je m'arrête devant la porte et lui dis par-dessus mon épaule.

- Je te rassure, personne ne me touchera plus jamais. Toi y compris.

Et je sors en claquant la porte.

Je me retiens au mur pour ne pas m'effondrer. J'ai les jambes qui tremblent.

J'ai des palpitations au cœur. Je frissonne.

Une sensation d'étouffement me prend à la gorge.

J'ai besoin de reprendre mon souffle.

Respire, Vic ! Respire !

Le son d'un verre qui éclate me fait sursauter. Ivan vient de balancer un verre contre le mur.

Ivan Sidorov est énervé ? Je ne sais pas si je dois en rire ou en pleurer.

Il m'a humilié. Il m'a mis plus bas que terre. J'ai honte de mettre fait avoir.

Et je ne sais pas si je vais pouvoir m'en remettre.

CHAPITRE 18

Moscou, 1ᵉʳ novembre 2020

Le mois qui s'est écoulé a été très éprouvant. J'ai tout fait pour éviter Ivan. Le peu de fois où on s'est croisé, je l'ai royalement ignoré. Je sais qu'il souffre autant que moi, mais ce qu'il a fait est impardonnable.

Je trouve une enveloppe, glissée sous ma porte, pratiquement tous les jours.

Je n'en ai lu aucune.

Je sais que ça vient d'Ivan. Je sais qu'il essaye de m'expliquer son comportement, mais je ne suis pas prête à entendre ce qu'il a à me dire.

Je suis profondément blessée.

Iouri arrive aujourd'hui.

Je suis interrompue dans mes pensées par l'arrivée d'un SMS.

Je prends mon portable et consulte le message.

N'oublie pas ! Tu es à moi ! IS

Je lui réponds hâtivement.

Enfoiré ! VS

Une réponse arrive instantanément.

Personne ne te touchera ! IS

Elle est bonne celle-là !

N'oublie pas ! Toi, y compris ! VS

Prends ça dans ta gueule, Sidorov !

Je n'ai qu'une parole ! IS

Je lui adresse un émoticône en forme de doigt d'honneur.

Ça va le faire enrager.

La soirée a été très agréable. Après le dîner, mon père et Helena se sont retirés dans leur chambre.

J'ai proposé à Iouri de le rejoindre pour un dernier verre, après avoir couché Stella.

On est installé dans le salon et on sirote nos boissons.

Iouri est un homme très charmant.

   - Tu sais que tu vas le rendre fou, Victoria, en agissant comme ça, me dit-il en ricanant.

J'avale de travers et commence à tousser.

- Tu m'as dragué toute la soirée, ma belle.
Tu joues un jeu dangereux.

- Excuse-moi Iouri, je lui dis, confuse. Mon
but n'était pas de te mettre mal à l'aise.

- Oh ! Ça ne m'a pas dérangé. Mais, Ivan,
en revanche, je ne sais pas s'il dirait la même
chose. S'il avait eu une arme à la place du
regard, je serais mort, dit-il, en éclatant de rire.

Je rougis violemment.

- Ne sois pas gêné ! Je comprends
pourquoi tu fais ça, mais attends-toi à en subir
les conséquences. C'est mon frère et on est un
peu pareil. C'est-à-dire, très possessif.

- C'est plus compliqué que ça, Iouri.

- Il m'a raconté votre histoire, ma belle. Il
m'a bien fait comprendre que tu étais à lui.

- Mais quel enfoiré !

- Non ! Ne dis pas ça. J'ai compris qu'il était fou amoureux de toi. Il n'a d'yeux que pour toi.

- Quoi !

- Il te laisse une enveloppe sous ta porte, d'après ce que j'ai cru comprendre. Tu devrais les ouvrir, Vic.

Je le regarde, bouche bée.

- Comment tu le sais ?

- Mon petit doigt, me dit-il avec un grand sourire.

- C'est lui qui te l'a dit ?

- Disons, qu'on s'entretient régulièrement au téléphone.

- Qu'est-ce qu'il t'a dit, exactement.

- Il m'a ouvert son cœur. Tu es son obsession, ma belle.

Là ! J'ai juste envie de pleurer.

- Lis ses lettres, Vic. C'est un conseil de grand frère, me dit-il, en me faisant un clin d'œil.

Il pose son verre et se lève.

- Je vais te laisser réfléchir à tout ça. On se verra demain au petit-déjeuner.

Il m'embrasse sur la joue et se retire dans sa chambre.

৯৯৯

Je me réveille en sueur.

Encore un cauchemar.

J'allume la lampe de chevet et sursaute à la vue d'Ivan, qui est confortablement installé sur le canapé en face de mon lit.

- Tu m'as fait peur !

- Tu as encore fait un cauchemar ? Me demande-t-il.

- Oui ! Je lui réponds d'une toute petite voix.

Il se lève lentement et se rapproche de mon lit. Il prend le verre d'eau sur ma table de chevet et le porte à mes lèvres.

- Bois ! Ça va te détendre.

Je bois d'une traite et il repose le verre à sa place.

- Tu me regardais dormir ?

- Je fais ça souvent, Printsessa. Tu l'aurais su, si tu avais lu mes lettres.

Je détourne la tête.

- Tu fais ta timide, maintenant.

- Pas du tout !

- Ah bon ! Pourquoi tu fuis mon regard, alors ? Tu n'aurais pas quelque chose à me dire ?

- Rien que tu ne saches déjà.

- Tu as passé la soirée à draguer mon frère, Vic. Tu sais que je suis très possessif, n'est-ce pas ?

- Je ne le draguais pas. J'étais courtoise.

- Ah oui ! Le toucher discrètement, lui faire une tape sur l'épaule pour attirer son attention, un petit coup de coude pour réagir à sa taquinerie, lui prendre le poignet pour réajuster sa montre. Tu appelles ça, de la « courtoisie » ?

Je rougis d'embarras.

- N'oublie pas ! Tu es à moi, Vic.

- Je ne suis à personne, et sûrement pas à toi.

- Arrête de jouer à ce jeu-là. Tu sais que ça me rend jaloux.

On se défie du regard.

Il rompt le silence en premier.

- Tu me manques, mon ange, murmure-t-il. Je ne veux qu'une chose et c'est te voir sourire.

- Et moi ! Je veux que tu t'en ailles, Ivan.

Il n'est pas capable de changer ce qui s'est passé, mais le simple fait qu'il essaie met en évidence sa profonde envie de tout réparer. Il veut améliorer les choses.

Il me dit, via ses actes « Je t'aime », mais ce n'est pas suffisant.

J'ai besoin de l'entendre pour lui pardonner.

CHAPITRE 19

Moscou, 25 décembre 2020

J'ai toujours aimé les fêtes de fin d'année. C'est l'occasion de réunir toute la famille.

Sia et Stan nous ont rejoints avec Alexandra et Natalia.

La soirée a été magique.

Je me réveille au son de mon téléphone m'annonçant un message.

Le numéro est caché, mais le message m'interpelle.

Viens me rejoindre à l'extérieur. J'ai une surprise pour toi, Printsessa. IS

Je me prépare rapidement, attrape mon sac et mon téléphone et cours le rejoindre.

Ivan a une surprise pour moi.

Je ne l'ai pas beaucoup vue ces deux derniers mois. Papa m'a dit qu'il était très pris par les affaires.

A l'ouverture du grand portail, j'aperçois une berline noire avec des vitres teintées.

Je me précipite à l'extérieur et ouvre vivement la porte côté passager pour entrer dans le véhicule.

Je n'ai pas le temps de réagir qu'on m'attrape par le poignet et me tire brusquement à l'intérieur. J'essaye de me débattre, mais je reçois un coup qui m'assomme.

C'était un piège. J'aurais dû me douter. Ivan ne m'aurait jamais envoyé un message en numéro inconnu.

La dernière chose dont je suis consciente, c'est le crissement des pneus au démarrage du véhicule et les coups de feu.

Ensuite, c'est le trou noir.

ৡৡৡ

J'ai froid. Qu'est-ce que j'ai froid.

Je tremble et je claque des dents.

Mes poignets sont menottés et accrochés à une barre en hauteur.

La pièce est glaciale.

-   Ah ! Elle se réveille enfin, la Printsessa !

Je tourne la tête pour voir la personne qui vient de s'adresser à moi.

- Tu te demandes sûrement qui je suis, dit-il.

- Qui êtes-vous ? Je lui demande, d'une voix tremblante.

- Igor Sedov ! Ça te dit quelque chose ?

Là ! Je suis vraiment dans la merde.

- Qu'est-ce que vous me voulez ?

- A toi, rien ! C'est Andrei Arkadi qui m'intéresse, dit-il. Il a volé ma vie, et toi, tu vas m'aider à tout récupérer.

- Il ne vous donnera rien.

- C'est là que tu te trompes. D'ailleurs, il ne devrait plus tarder à …

Il est interrompu par le crissement des pneus de plusieurs véhicules.

- arriver, termine-t-il.

La porte s'ouvre violemment.

Mon père est là avec Stan et Ivan derrière lui.

- Mes amis ! Soyez les bienvenus, leur dit Igor, en se plaçant derrière moi.

- Je suis là Igor ! Lui crie mon père. Laisse partir ma fille.

Igor sort un poignard et le place au niveau de mon cou.

Ivan et Stan font un pas en avant, mais mon père les retient en écartant les bras.

- Ne bougez pas ! Leur dit-il.

Igor appuie la lame du couteau sur ma jugulaire.

- Andrei Arkadi ! Hurle Igor. Tu m'as pris ma femme, ma fille. C'est le moment de payer ta dette.

- Qu'est-ce que tu veux ? Lui demande mon père.

- Me venger, dit-il avec un rire dément.

Il pose sa main gauche autour de ma gorge et place la lame du poignard dans mon dos.

- J'ai tout perdu ! Braille-t-il en serrant sa main autour de ma gorge.

Oh ! Mon Dieu ! Je n'arrive plus à respirer.

- Non ! Ne fais pas ça ! Le supplie, mon père

Il avance d'un pas.

- Je te donnerais tout l'argent que tu veux !

Je cherche Ivan du regard. Il a le regard fou. Il est en panique.

- Je n'en veux pas de ton fric, connard ! C'est la vie de ta fille que je veux, aboie-t-il.

Je sens mon cœur battre à tout rompre. Je peux sentir tous mes sens s'affiner et augmenter.

La confrontation verbale dure quelques minutes.

Et puis il frappe. Il enfonce le couteau dans mon dos.

Sur le moment, je ne ressens pas la douleur. C'est plus une sorte de petite décharge électrique.

Après ça, l'enfer se déchaîne. Des coups de feu sont tirés.

Igor tombe à mes pieds.

Ivan et Stan me détachent.

J'entends mon père hurler « Appelez les secours ».

J'entends Ivan me chuchoter « Printsessa ! Reste avec moi ! ».

Le trajet en direction des urgences me semble durer une éternité.

Je souffre atrocement.

À la moindre secousse de la voiture, j'ai l'impression que mon ventre s'ouvre.

J'attrape la main d'Ivan et lui dis « On arrête là, je n'en peux plus, je t'aime tant Ivan ».

Je ne sens plus rien.

Mes yeux se referment.

- Vic ! Non ! Mon Dieu ! Ne t'endors pas ! Garde les yeux ouverts ! Je t'en supplie ! Reste avec moi, me dit-il en larmes.

Je veux faire ce qu'il me demande, mais je n'y arrive pas.

Je n'ai plus la force.

Je me sens partir …

CHAPITRE 20

Moscou, 2 janvier 2021

J'entends tout …

-   En raison de l'hémorragie interne, on a dû ouvrir pour laver les organes et vider le sang accumulé dans son dos. Sa situation est stable. Son pronostic vital n'est pas engagé. Il faut maintenant attendre qu'elle se réveille.
- Merci docteur.

Des bruits de pas. Une porte qui se referme.

On me prend la main.

-   Je vais te faire la lecture, Printsessa. Tu n'as pas voulu lire mes lettres, mais je vais le faire pour toi.

Lettre 1 - Mon ange ! Tu m'as toujours reproché mon silence. J'ai toujours espéré que tu me comprendrais. J'avais les mains et les poings liés. Je sais, aujourd'hui, que j'aurais dû tout te raconter. Je me rends compte, avec le recul, que je suis la source de toutes tes souffrances. Je le regrette tellement.

Lettre 2 – Mon ange ! Ma mère m'a abandonné pour retrouver sa liberté, mais moi, elle m'a emprisonné. J'aime Andrei comme un père, mais je me sens délaissé. Peut-être que je méritais ça, après tout.

Lettre 3 – Mon ange ! Une femme est entrée dans la vie de ton père.

Elle est gentille et très attentionnée avec moi. Elle met de la gaîté dans ma vie.

Lettre 4 - Mon ange ! La première fois qu'on t'a mis dans mes bras, tu devais avoir quinze jours. Tu étais comme un rayon de soleil. Tu étais tellement belle. Tu as ouvert tes yeux, tu m'as fixé et tu as attrapé mon doigt. J'ai su à ce moment-là que j'étais foutu. Quelque chose a enflé dans ma poitrine. J'avais du mal à respirer.

Lettre 5 – Mon ange ! Tu as trois ans maintenant. Tu as fait une bêtise et tu as été puni. Tu m'as dit en pleurant « Je voulais que mes poupées te ressemblent, Ivan. C'est pour ça que je leur ai coupé leurs cheveux » et je t'ai dit « Ce n'est pas grave, mon ange, ça va passer ».

Lettre 6 – Mon ange ! Tu as cinq ans maintenant. Tu es tombé de la balançoire. Comme d'habitude, j'ai accouru. Tu m'as dit « Ivan, j'ai mal », et je t'ai dit « Je vais te soigner, mon ange ». Tu m'as répondu « Tu es mon chevalier ».

Lettre 7 – Mon ange ! Tu as huit ans maintenant. Tu es rentré de l'école, en larmes. Tu m'as dit « Elles sont méchantes mes amies, elles disent que papa est de la mafia et qu'elles ont peur de moi. Ça veut dire quoi, Ivan ? » et je t'ai dit « Tu es une Printsessa ».

Lettre 8 – Mon ange ! Tu as dix ans maintenant. Tu es assise sur les escaliers, la tête posée sur les genoux. Tu pleures. Tu viens de perdre ta maman. Tu relèves la tête et tu me dis « Papa m'a dit qu'elle était au ciel, mais qui va me protéger maintenant ? » et je t'ai répondu « Je te protégerais jusqu'à la fin de ma vie ».

Lettre 9 – Mon ange : Tu as treize ans maintenant. Tu es très gênée par les changements de ton corps. Ta poitrine a poussé et tu essais de le cacher. Tu m'as dit « Ivan ! Pourquoi les garçons regardent ma poitrine ? » et je t'ai dit « Tu commences à devenir une femme, mon ange ».

Il interrompt sa lecture au moment où il entend les machines biper.

Il relève la tête et voit que je l'observe.

- Printsessa !
- Tu peux passer à la dernière lettre ? Je lui demande, la voix enrouée.
- Tout ce que tu veux, mon ange, me dit-il en souriant.

> *Lettre 25 – Mon ange ! C'est la dernière lettre que je t'écris.*
>
> *Je sais que tu ne les lis pas.*
>
> *Tu as passé la soirée à draguer mon frère. Je me sens en insécurité.*
>
> *Le jour où je t'ai fait mienne, j'étais l'homme le plus heureux du monde.*

*Printsessa ! Je ne te l'ai jamais dit,
mais je t'aime d'un amour
inconditionnel.*

*En revanche, ce que je t'ai toujours
dit, je vais te le répéter « Tu es ma
lumière dans toute cette
obscurité ». Pardonne-moi mon
ange. Je t'aime.*

Je pleure à chaudes larmes.

Je suis bouleversée.

- Je t'aime tellement, Ivan. Ça sera
toujours « Toi, sinon rien ».

FIN

EPILOGUE

Moscow, Mai 2021

J'ai été hospitalisé une semaine.

Aujourd'hui, je suis complétement rétablie.

Ivan n'a pas fait traîner les choses.

Igor Sedov étant mort, il était inenvisageable, pour lui, que je reste marié à Iouri. Le divorce a été prononcé et les actions des sociétés m'ont été restituées.

Le jour du mariage de mon père et Helena, Ivan m'a demandé de devenir sa femme, et j'ai accepté sans hésiter.

Je suis officiellement devenue Madame Sidorov, le mois d'après. Nous envisageons de faire une grande fête, avec toute la famille et les amis, en septembre.

Notre maison étant en construction, nous avons décidé de rester chez Ivan.

Ivan me comble de bonheur. J'ai envie de crier au monde entier, et d'écrire en grandes lettres rouges, à quel point je l'aime.

A ses côtés, je m'épanouis.

A ses côtés, je me sens en vie.

Tous les matins, j'ai droit à un post-it, avec un mot doux. Aujourd'hui, j'ai eu droit à « Je t'aime d'un amour sans failles ».

❦❦❦

Je brûle d'impatience.

Je vérifie une dernière fois la table. Tout est en place. Il ne devrait plus tarder.

J'entends la voiture se garer.

Ivan est surpris quand il passe le pas de la porte.

Disons que je n'ai pas fait les choses à moitié.

Une nappe blanche, des bougies, de la vaisselle blanche unie, de jolis verres à pied. Pour les fleurs, j'ai choisi des roses couleurs rouges.

Pour ma tenue, j'ai opté pour une combinaison bustier qui dévoile mes épaules.

- Vic ! On fête quelque chose, mon ange ? Me demande-t-il, étonné.

- Je voulais te faire plaisir, mon amour.

Il me prend dans ses bras en m'embrassant passionnément.

- Je prends une douche rapide et je te rejoins, Printsessa.

Il me caresse la joue.

- A tout de suite, me dit-il, et se dirige vers la salle de bains.

Je ne tiens plus en place.

J'ai la boule au ventre.

Il faut que je me détende.

Je souffle un bon coup.

Je me remémore la lettre que je lui ai écrite et que j'ai dissimulé sous ses vêtements de rechange.

Lettre 26 – Mon amour ! J'ai lu l'intégralité de tes lettres et j'ai compris que tu ne rêvais que d'une chose, avoir ta propre famille.

J'ai réalisé qu'écrire une lettre pour t'annoncer une grande nouvelle était la meilleure des idées. J'aime le fait de me dire que tu pourras conserver cette lettre toute ta vie.

Avant tout, je veux que tu saches que je t'aime éperdument.

Je suis une femme comblée de partager ta vie.

Ce matin, quand tu es parti travailler, j'ai fait semblant de dormir. Dès que j'ai entendu la porte se refermer, j'ai sauté du lit

Je souris en imaginant sa réaction.

La porte s'ouvre brusquement.

Ivan se tient devant moi, en caleçon.

Il est bouleversé.

- Vic ! Mon Dieu ! Je vais être papa ?

Il me prend dans ses bras et attend une confirmation.

-   Oui ! Je lui réponds, les larmes aux yeux.

Il se laisse tomber à genoux.

Il passe les bras autour de mes hanches et pose son front sur mon ventre. Je vois ses épaules tressauter.

Mon Dieu ! Il pleure.

-   Je vais être PAPA !!! Finit-il par dire.

-   Et tu seras le meilleur des « papas ».

Il se relève et prend mon visage entre ses mains.

-   Et si, c'est de jumeaux ?

-   J'espère !

-   Je ne sais pas si je mérite tout ce bonheur, Vic ! M'avoue-t-il.

Je l'enlace et pose ma joue sur son torse.

-   Tu le mérites ! Mon amour.

Je relève la tête et contemple son beau visage.
Il a les yeux qui brillent. Son regard dévoile ses
sentiments profonds.

- Et ça sera toujours « Toi sinon rien »,
Ivan.

ৡৡৡ

Il a tout fait pour ne pas rompre sa promesse.

Elle a tout fait pour le mettre à genoux.

ৡৡৡ

Je l'ai allumé, il m'a repoussé.

J'ai été kidnappé, il m'a retrouvé.

Je l'ai défié, il a cédé.

J'ai voulu le quitter, il a refusé.

Mais si je devais tout refaire ça serait « Ivan
sinon rien ».

BONUS

Les lettres d'Ivan

Lettre 1 - Mon ange ! Tu m'as toujours reproché mon silence. J'ai toujours espéré que tu me comprendrais. J'avais les mains et les poings liés. Je sais, aujourd'hui, que j'aurais dû tout te raconter. Je me rends compte, avec le recul, que je suis la source de toutes tes souffrances. Je le regrette tellement.

Lettre 2 – Mon ange ! Ma mère m'a abandonné pour retrouver sa liberté, mais moi, elle m'a emprisonné. J'aime Andrei comme un père, mais je me sens délaissé. Peut-être que je méritais ça, après tout.

Lettre 3 – Mon ange ! Une femme est entrée dans la vie de ton père. Elle est gentille et très attentionnée avec moi. Elle met de la gaîté dans ma vie.

Lettre 4 - Mon ange ! La première fois qu'on t'a mis dans mes bras, tu devais avoir quinze jours. Tu étais comme un rayon de soleil. Tu étais tellement belle. Tu as ouvert tes yeux, tu m'as fixé et tu as attrapé mon doigt. J'ai su à ce moment-là que j'étais foutu. Quelque chose a enflé dans ma poitrine. J'avais du mal à respirer.

Lettre 5 – Mon ange ! Tu as trois ans maintenant. Tu as fait une bêtise et tu as été puni. Tu m'as dit en pleurant « Je voulais que mes poupées te ressemblent, Ivan. C'est pour ça que je leur ai coupé leurs cheveux » et je t'ai dit « Ce n'est pas grave, mon ange, ça va passer ».

Lettre 6 – Mon ange ! Tu as cinq ans maintenant. Tu es tombé de la balançoire. Comme d'habitude, j'ai accouru. Tu m'as dit « Ivan, j'ai mal », et je t'ai dit « Je vais te soigner, mon ange ». Tu m'as répondu « Tu es mon chevalier ».

Lettre 7 – Mon ange ! Tu as huit ans maintenant. Tu es rentré de l'école, en larmes. Tu m'as dit

« Elles sont méchantes mes amies, elles disent que papa est de la mafia et qu'elles ont peur de moi. Ça veut dire quoi, Ivan ? » et je t'ai dit « Tu es une Printsessa ».

Lettre 8 – Mon ange ! Tu as dix ans maintenant. Tu es assise sur les escaliers, la tête posée sur les genoux. Tu pleures. Tu viens de perdre ta maman. Tu relèves la tête et tu me dis « Papa m'a dit qu'elle était au ciel, mais qui va me protéger maintenant ? » et je t'ai répondu « Je te protégerais jusqu'à la fin de ma vie ».

Lettre 9 – Mon ange ! Tu as treize ans maintenant. Tu es très gênée par les changements de ton corps. Ta poitrine a poussé et tu essais de

le cacher. Tu m'as dit « Ivan !
Pourquoi les garçons regardent ma
poitrine ? » et je t'ai dit « Tu
commences à devenir une femme,
mon ange ».

Lettre 10 – Mon ange ! Tu as
quatorze ans maintenant. Tu
deviens une femme. Tes amies me
regardent avec fascination et je
sais que tu ne le supportes pas. Tu
m'as dit « Elles ont quoi mes amies
à te regarder comme ça ? ». Ça
m'a fait rigoler et tu m'as boudé
pendant un mois.

Lettre 11 – Mon ange ! Tu as
quinze maintenant. Les garçons te
tournent autour, mais je garde un
œil sur eux. Tu as voulu embrasser
l'un d'eux et il t'a repoussé. Tu étais

en larmes et tu m'as dit « Moi aussi, je veux qu'on m'embrasse » et je t'ai dit « Tu as toute la vie devant toi ». Si tu savais que je l'avais menacé, tu me bouderais pendant un an.

Lettre 12 – Mon ange ! Tu as seize ans maintenant. Tu t'es faufilé dans ma chambre et tu m'as dit « Je suis une femme maintenant et je veux que tu me voies comme ça ». Je t'ai pris dans mes bras et je t'ai dit « Tu seras toujours une petite fille pour moi ». Tu m'as boudé pendant deux mois.

Lettre 13 – Mon ange ! Tu as dix-sept ans maintenant. Tu m'as déclaré ta flamme. Tu m'as dit « Un jour, je serais ta femme ». Je t'ai pris dans mes bras et je t'ai dit « Tu seras toujours ma petite princesse ».

Lettre 14 – Mon ange ! Tu as dix-huit ans maintenant. On t'a kidnappé, mais je t'ai retrouvé. J'ai cru mourir cent fois. Quand tu t'es réveillé, tu m'as dit « Tu es mon prince charmant » et je t'ai dit « Tu es ma lumière dans cette obscurité ». Tu ne le savais pas, mais je t'aimais tellement.

Lettre 15 – Mon ange ! Tu as vingt ans maintenant. Ton père a compris que je t'aimais et il a décidé de m'éloigner de toi. Il m'a fait promettre de te voir comme une sœur. J'ai accepté. Ça me fait souffrir, mais je n'avais pas le

*choix. Si ton père savait que je me
faufile, le soir, dans ta chambre
pour te regarder dormir, je me
retrouverais dans un goulag.*

*Lettre 16 – Mon ange ! Tu as vingt-
deux ans maintenant. Tu as surpris
une conversation entre Stan et moi.
Tu voulais savoir, qui était
« Mhysa » et j'ai refusé de te le
dire. Tu m'as menacé et j'ai cédé.
Je t'ai révélé que c'était « Sia ». Tu
l'as retrouvé et la lettre que tu lui as
adressée les a réunis. Tu portes
tellement bien ton surnom « mon
ange ».*

*Lettre 17 – Mon ange ! Tu as vingt-
trois ans maintenant. C'est la veille
du mariage de Stan et Sia. Tu es
ivre. Tu m'as défié et j'ai cédé. Tu*

voulais que je sois ton premier. Je ne t'ai donné que ce que je pouvais, ce soir-là. Je ne sais toujours pas comment j'ai fait pour ne pas craquer. Tu m'as complétement ignoré, le lendemain. J'en ai déduis que tu n'en gardais aucun souvenir. Est-ce que c'est le cas ? Il va falloir que tu me le dises, un jour.

Lettre 18 – Mon ange ! Tu as 24 ans maintenant. Ton père a décidé de te marier pour te mettre en sécurité. On te cache beaucoup de choses et je ne sais pas comment tu vas réagir quand tu vas tout découvrir. Mon Dieu ! Que je le regrette.

Lettre 19 – Mon ange ! Tu as encore été kidnappé, mais je t'ai retrouvé. Je sais que tout est de ma faute. Tu voulais être à moi et je t'ai repoussé. Pardonne-moi.

Lettre 20 – Mon ange ! Tu as tout appris. Ton père t'a tout raconté. Je ne sais pas si, un jour, tu vas me pardonner. Tu sais que j'ai toujours sur moi la fleur séchée que tu avais glissée dans mon portefeuille ?

Lettre 21 – Mon ange ! Tu as accepté d'épouser Iouri. Tu m'as dit « Iouri Sedov va devenir mon mari. Tu as dit qu'il ne me toucherait pas, mais moi, je vais le laisser me baiser » et je t'ai répondu « Personne ne te touchera, à part moi ».

Lettre 24 – Mon ange ! Je suis fou de jalousie. Je n'en peux plus. Je t'ai fait du mal. Je t'ai fait mienne, pour une raison égoïste. Je ne voulais pas te perdre. J'ai toujours rêvais d'une chose, avoir ma propre famille, avec toi, à mes côtés.

Lettre 25 – Mon ange ! C'est la dernière lettre que je t'écris. Je sais que tu ne les lis pas. Tu as passé la soirée à draguer mon frère. Je me sens en insécurité. Le jour où je t'ai fait mienne, j'étais l'homme le plus heureux du monde. Printsessa ! Je ne te l'ai jamais dit, mais je t'aime d'un amour inconditionnel. En revanche, ce que je t'ai toujours dit, je vais te le répéter « Tu es ma lumière dans toute cette obscurité ». Pardonne-moi mon ange. Je t'aime.

La lettre de Victoria

Lettre 26 – Mon amour ! J'ai lu l'intégralité de tes lettres et j'ai compris que tu ne rêvais que d'une chose, avoir ta propre famille. J'ai réalisé qu'écrire une lettre pour t'annoncer une grande nouvelle était la meilleure des idées. J'aime le fait de me dire que tu pourras conserver cette lettre toute ta vie.

Avant tout, je veux que tu saches que je t'aime éperdument. Je suis une femme comblée de partager ta vie.

Ce matin, quand tu es parti travailler, j'ai fait semblant de dormir. Dès que j'ai entendu la porte se refermer, j'ai sauté du lit pour faire ce que toute femme qui espère devenir mère fait.

Mon amour, je veux te dire que dans quelques mois, tu vas devenir papa. J'ai hâte que tu rentres ce soir. Cette journée va me paraître très longue.

Ta femme qui t'aime d'un amour inconditionnel.

PRINCIPAUX PERSONNAGES

Victoria Arkadi / Sidorov

Ivan Sidorov

Iouri Sedov (frère jumeau d'Ivan)

Andrei Arkadi (Père de Victoria)

Helena Sedov (mère de Ivan et Iouri)

Igor Sedov (mari de Helena)

Stella Sedov (demi-soeur de Victoria et Ivan)

Sia Monclerc / Petrov (meilleure amie de Victoria)

Stan Crawford / Petrov (meilleur ami et bras droit d'Ivan)

Brie Beaumont (Meilleure amie de Sia et Victoria)

Lisa Sanders (Mère de Sia)

Brian Sanders (Beau-père de Sia)

Karl Sanders (Fils de Brian Sanders)

Alexandra Petrov (Fille de Sia et Stan)

Natalia Petrov (Fille de Sia et Stan)

Kevin Sanders (Demi-frère de Sia)

Nikolai Petrov (Oncle paternel de Stan)

Henry (Majordome de Brian Sanders)

Vadim (Le coiffeur)

Damien (Barman)

Edward (Majordome de Iouri)

Boris Rostov

PLAYLIST

Amaro - Serhat Durmus

Someone You Loved - Lewis Capaldi

Move On - Jay Aliyev

One and Only - Dimitris Athanasiou

Still Don't Know my Name - Labrinth

When Was it Over? - Sasha Sloan

How Do You Sleep? - Sam Smith

Crazy – Dj Goja x Lunis

Where – Nico Filippe

Find You – Nora Van Elken

Breakthrough – Lady Ocean

One More Night - Phill Out Rhommel

Listen – The Distance & Marco Polar

Street – Doja Cat

Mr. Saxobeat – Alexandra Stan

Earned it – The Weeknd

Water Fountain – Alec Benjamin

My Ordinary Life – The Living Tombstone

I Can't Handle Change – ROAR

Arcade – Duncan Laurence

Goosebumps – Travis Scott

The Business – Tiësto

Feeling Good – Michael Bublé

REMERCIEMENTS

Je l'ai voulu, je l'ai fait.

Le deuxième tome est terminé.

Je souhaite tout d'abord vous remercier, vous, mes chers lecteurs / lectrices. Merci de m'avoir lu.

Je dédicace ce livre à mes trois merveilleuses filles 'ma first lady', 'mon unique', 'mon tout'.

Merci à ma Chacha et ma Bibi, mes premières lectrices. Vos commentaires et corrections m'ont été très utiles. Merci à toi Hélène, mon amie. Toi qui as cru en moi et qui m'a poussé à aller jusqu'au bout.

Je reviens très prochainement avec le tome 3 de cette série, qui sera l'histoire de Brie et Karl.

A très bientôt.

Elsa Perle

Si vous avez aimé le tome 2 de cette série, vous aimerez également le tome suivant.

TOI SINON RIEN de Elsa PERLE

- Sia et Stan – Tome 1
- Victoria et Ivan – Tome 2
- Brie & Karl – Tome 3

A PROPOS DE L'AUTEUR

Elsa Perle était une passionnée de lecture longtemps avant de se lancer dans l'écriture de la série « Toi sinon rien ».

Elle vit à Paris avec son mari et ses trois merveilleuses filles.

Instagram : @elsaperle.auteur

Facebook : Elsa Perle

Twitter : @ElsaPerle

Mail : elsaperle.auteur@gmail.com

Il a tout fait pour ne pas rompre sa promesse.

Elle a tout fait pour le mettre à genoux.

ৡৡৡ

Je l'ai allumé, il m'a repoussé.

J'ai été kidnappé, il m'a retrouvé.

Je l'ai défié, il a cédé.

J'ai voulu le quitter, il a refusé.

Mais si je devais tout refaire ça serait « Ivan
sinon rien ».

ISBN 978-2-9574791-1-5